新潮文庫

嘘があふれた世界で

浅倉秋成　大前粟生
新名智　結城真一郎
佐原ひかり　石田夏穂
杉井光

新潮社版

11878

CONTENTS

嘘が
あふれた
世界で

IN A WORLD FILLED WITH LIES

COLLECTED SHORT STORIES

かわうそをかぶる

ASAKURA AKINARI

浅倉秋成

浅倉秋成　Akinari Asakura

1989（平成元）年、千葉県出身。小説家。関東在住。第13回講談社 BOX 新人賞 Powers を『ノワール・レヴナント』で受賞しデビュー。2021（令和３）年に刊行した『六人の嘘つきな大学生』も第12回山田風太郎賞候補、「2022年本屋大賞」ノミネート、第43回吉川英治文学新人賞候補となる。

　ぐっしょぐしょになったパーカーの裾《すそ》で涙を拭《ふ》き続けてた私は、会議室に自分のぬいぐるみがあることになかなか気づけなかった。自分のぬいぐるみって言っても、私の持ち物って意味じゃない。私をモデルに作ってくれたぬいぐるみ。もっとも、生身の私自身がモチーフになってるわけじゃなくて、あくまで私がかぶっているキャラクターの、ぬいぐるみ。これは去年の六月くらいに、ゲームセンターのプライズになったやつだ。髪は青くて、潜水服とドレスを合体させたような白い衣装を着ている。ちっちゃな耳と細長い尻尾《しっぽ》はカワウソがイメージされてる。

　水辺が大好きなカワウソの妖精《ようせい》、雨露《あまつゆ》ゆゆ。

　飾ってあったのは、ゆゆのぬいぐるみだけじゃなかった。同期の子や先輩後輩、パンタシアライブのメンバーたちのぬいぐるみが選抜して六つ並んでいる。そんな中でもゆゆのぬいぐるみは一番目立つ位置に飾られているなって気づいたとき、私はなんだか堪《たま》らなく嬉《うれ》しくなってしまって、でもだからこそ余計に悲しさと苦しさを感じてしまって、また涙の蛇口がじゅっと開かれたのを感じる。

十人近い大人がいるはずなのに、会議室の中は嘘《うそ》みたいに静かだった。

ずっと私が鼻を啜《すす》る、すん、すんって音だけが、虚《むな》しく響いている。マネージャーさんはそんな私の背中をさすることしかできない。運営のおじさんたちは難しい顔で黙り続けることしかできない。これからどうしたらいいのか、誰も答えを見つけられない。

「ＴＢＳで始まりました」

勢いよく扉を開けて入ってきたのは、初めて見る若めの社員さんだった。そのまま会議室についていたテレビの電源を入れると、チャンネルを６に合わせる。他のみんなもテレビを見つめる。

お昼のワイドショー。

私の体に少し力が入ったことに気づいたマネージャーさんが、ゆゆはしばらく外に出ててもいいんだよって言ってくれたけど、私はその場に留まった。報道を気にしないでいられる自信があったわけじゃなくて、単純に席を立つ元気がなかった。本当だったら耳を塞《ふさ》いで、どこか遠くに逃げ出したかった。いや、遠くに——っていうのは、ちょっと違うかもしれない。昨日か、一昨日か、もっとずっと前にタイムスリップしたかった。何かをポチッとやり直せる魔法のボタンが欲しかった。

でもそんなものはどこにもなくて、この世界の全部に無視を決め込める図太さもなくて、私は恐る恐るテレビの画面を覗《のぞ》いてしまう。

「若者に人気の音楽クリエイター殺害：動機は『VTuber を守るため』」

　文字を見た瞬間、ものすごい勢いで喉《のど》の奥から苦しさがせり上がってくる。どうにか声を漏らさないよう我慢すると、代わりにまた涙が倍になって溢《あふ》れてくる。司会の人が、恐ろしい事件が発生してしまいましたと口にし、横にいた女性アナウンサーがフリップを使って詳細を語り出す。もちろん集中して画面を見続けることなんてできなかった。でもテレビの音量が必要以上に大きくなっていたこともあって、言葉の一つ一つが強引に耳の中に入り込んできてしまう。

　昨夜、人気音楽クリエイター「うみの」こと、本名、野《の》村海斗《むらかいと》さんが殺害されました。二十六歳でした。被害者は自宅近くを歩いていたところ、ナイフを持った男に遭遇。抵抗する間もなく、腹部、胸部、首筋を中心に、計三十七箇所を刺され、搬送先の病院で死亡が確認されました。犯人はフリーターの岩井《いわい》出《で》昌武《まさたけ》容疑者、二十二歳。岩井出容疑者はその場で警察に電話を入れ自首。興奮している様子ではあったものの捜査には協力的で、何ら躊躇《ちゅうちょ》することなく、悪びれることもなく、自身の犯行動機を口にした。

「それがこちら――」

　そう言ってアナウンサーは新しいフリップを取り出し、

「『とある VTuber を守るため』だと、語ったんです」

　岩井出容疑者は、あるVTuberの熱心なファンであった。自宅からは当該VTuberの関連グッズが大量に発見されており、スーパーチャットと呼ばれる投げ銭を総額二百万円以上していたことも判明している。異常なまでの入れ込みを見せていた岩井出容疑者だったが、そんな彼はある日、ネット上で信じられない書き込みを見つけてしまう。

　あのVTuberは、音楽クリエイター「うみの」と交際している。

　書き込みはたったの一件。噂《うわさ》自体は大きなものではなく、また信憑性《しんぴょうせい》が高いものでもなかったが、岩井出容疑者は危険だと直感してしまった。交際の事実はないものと思いたい。しかし、火のない所に煙は立たない。「うみの」という男が彼女に好意を抱き、接近しようとしている可能性は大いにあり得る。彼女を守るためには、「うみの」を排除するべきなのではないか。排除したほうがいいはず。いや、排除しよう。すべて彼女のためなんだ。彼女もそれを願っているんだ。次第に大きくなるそんな考えに、岩井出容疑者はとうとう抗《あらが》えなくなった。ナイフを手に取り凶行に及ぶ。

　果たしてVTuberは本当に「うみの」と交際していたのか——ということについては、両タレントの所属事務所は、目下調査中と発表。

　ざっと、そんなようなことが説明されて、ようやくこの話題は終わりかと思ったら、そこからしばらくスタジオで意見が交わされる。コメンテーターの人たちが、これはこうですね、こうじゃないですかねと、色々なことを喋《しゃべ》り出す。さらに、本当だったらたぶん政治とか経済とかに詳しいだろうスーツ姿のおじさんが、「そもそもVTuberって何ですか？」と尋ねだす。あのくらいの年の人なら、知らないんだろうなとは思う。でもその訊《き》き方がまるで若者が夢中になってる違法な薬物とか、異常なフゾク店の実態を質問するような感じだったから、私はいよいよ堪えられなくなって目をぎゅっと閉じた。

「はい、VTuberとはバーチャルYouTuberの略なんだそうです」

顔出しはせず、CGで表示されるキャラクター等を用いて活動する動画配信者の総称です。多くの場合キャラクターは配信者の表情や動きを反映して動くようになっており、雑談をしたり、歌ったり、ゲームをプレイする動画などを配信して活動しています。その分野に詳しい識者の方によりますと、アニメキャラクターと配信者とアイドル、それぞれの中間のような存在ということらしく――。

それ以上は聞いてられなかった。上手に私たちのことを説明しているような気もしたし、まったく的外れな説明をしているような気もした。私は手で耳を塞ぐ代わりに、頭の中を別の話題で一杯にしてしまおうと考えた。なるべく楽しいこと、今の状況とは関係ないことを考えようって念じてるのに、頭の中に浮かんでくるのは何かの嫌がらせなのって思うほど、考えたくないことばかり。

すると私のお腹《なか》は、ものすごい勢いで「きゅー」っとなる。

他にどんな表現のしようもない。胃の中にあるモーターみたいなのが高速で回り出して、お腹がきゅーってなる。嫌な思い出とか悲しい事実で頭の中はごっちゃごちゃになりながら、お腹はずっと、きゅーきゅー。苦しくて苦しくて、きゅーきゅー。きゅーきゅー。

「ゆゆ」

マネージャーさんに呼ばれて顔を上げて、私はやっとテレビのニュースが終わっていたことに気づく。そして会議室にいる社員さん全員の視線が、私に集まっていることにも気づく。何か訊かれてたんだろうなってことはすぐに理解できて、同時に何を訊かれてたのかってこともすぐにわかる。

「もう一度、いい？」

マネージャーさんはいつも私の味方で、私のお願いに可能な限り応《こた》えてくれる優しいお姉ちゃんって感じの人だった。そんなマネージャーさんに促されて、あっ、お姉ちゃんもまだ完璧《かんぺき》には信じてくれてないのかもって感じに少し絶望して、でもそりゃそうだよね、大事なことだから何度でも確認したいよねって自分を納得させて、私はまた涙を拭《ぬぐ》って口を開く。

「……いです」

声を整えるために鼻を啜ったら、ものすごく汚いじゅるじゅるって音が響いて、それが自分でもすごく情けなくて悲しかった。もちろん、この場にいる誰もがうみののことを知ってた。うみのは私たちパンタシアライブのメンバー――通称シアメンの曲を何曲も手がけてくれているクリエイターだ。面識はもちろんあるし、個人的に二人きりで会ったこともある。私とうみのが付き合ってたかもしれないって情報は、たぶん運営さんからしても、それっぽく聞こえちゃうんだと思う。私はもう二度とみんなが確認しなくてすむよう、今度こそはっきりと、

「ないです。付き合ってません。スマホ見てもらっても、ディスコ見てもらっても大丈夫です」

まだ足りないと思ったので、

「信じてください」

雨露ゆゆは、厳密な意味では、私そのものではない。

でもやっぱり彼女と私との間を遮る境界は、とても曖昧《あいまい》だ。雨露ゆゆというキャラクターが誕生した瞬間から、運営の人は全員、私のことを「ゆゆ」って呼ぶようになった。最初は私がゆゆの名前に慣れるためのトレーニングだったはずなのに、今ではそれが私の本名みたいになってる。私のことを本当の名前で呼ぶ人は、今となっては病院の受付のお姉さんとか、美容師さんとか、極々一部の人に限られる。今ではゆゆって呼ばれるほうがずっと自然で、そのほうがよっぽど自分って感じがしてしまう。

だからやっぱり、ゆゆは私で、私はゆゆなのだ。

そして雨露ゆゆは生まれてから一度も、男性と交際したことがないことになっている。なので仮に殺人事件がなかったとしても、ゆゆに、つまり私に彼氏がいたということになれば、それは雨露ゆゆというVTuberにとって重大な汚点となる。たぶん、二度と配信なんてできない。

でも、安心してよって思いながら、私は意味もなくネイルのストーンをぎゅっと握る。神様に誓ってもよかった。誇るべきことだとも、特別なことだとも思ってないけど、今年二十二歳になった私は正真正銘、処女だった。男性と付き合ったこともないし、キスをしたことも、手を繋《つな》いだこともない。恋愛対象は男性で、可能なら男の人と一緒になりたいと思ってる。なのに、ずっと孤独、ずっとひとりぼっち。ずっとずっと、一人っきり。

そんな私にとってうみのは、この世界で唯一《ゆいいつ》の希望だった。今も右手の小指には、うみのがくれたピンキーリングがついている。うみのはこの世界でたった一人、たった一人の——涙が零《こぼ》れて、またお腹がきゅーっとしてくる。きゅーきゅー。

いつまでもいつまでも、きゅーきゅー。

「言葉悪いけど、悔しいね」

体の奥から絞り出すように零したのは、ずっと黙っていた社長さんだった。口元には負け惜しみみたいな強《こわ》ばった笑みを浮かべている。

「うみのくんも本当に惜しい。でもそれ以上に、こんな貰《もら》い事故みたいな形で、ゆゆを続けられなくなりそうっていうのが、何よりも悔しい。二期メンバーは本当にみんなすごいよ。トコも、まふゆもすごい。でもそんな中で、ゆゆがダントツにすごい」

社長さんがここまで悔しそうにしている姿を見たのなんて初めてで、こんなにも私のことを評価してくれてたことが今さら嬉しくて、私はまた涙に呑《の》まれていく。何か言わなくちゃって思いと、なんでこんなことになっちゃったんだろうって思いが交錯して、私が小さく口走ったのは、

「い……イサナ、イサナのせいだ。イサナが、きっとイサナが――」

「ゆゆ。絶対そんなこと言っちゃ駄目。冗談でも駄目」

マネージャーさんが私の肩を抱いてくれると、社長さんは静かに立ち上がった。

「ひとまず事務所からのリリースは一時間以内に出そう。それで可能なら、ゆゆ――」

私の目を真《ま》っ直《す》ぐに見つめ、

「一週間以内に、ゆゆの声で配信をしたい。映像はつけないで、ゆゆの言葉だけで今の思いを伝える。その配信の反響次第で、今後のことを決めよう。ゆゆのことはパンタシアが全力で守る。できると思うかい？」

どうしようかなって考える前に、私は泣きながら何度も頷《うなず》いていた。

子供の頃から、友達は少なかった。

壮絶ないじめを受けてたってわけでもないし、病的なコミュ障ってわけでもなかった。ただ何となく、みんなでワイワイするのが苦手で、教室で雑談するくらいは問題ないんだけど、放課後に何かしようって誘われると、胸の奥で小さな拒絶反応が「え？」って弾《はじ》ける。見下してるわけじゃない。でも私の時間をどうしてこの人たちのために使わなくちゃいけないのかが、なんだかよくわからなかった。読みたい漫画がある。観《み》なくちゃいけないアニメがある。いいところで止まってるゲームがある。誰かと一緒に過ごすより優先したいことが、この世界には無限にある。

ねぇねぇ、彼氏とか作んないの？

同じクラスの女子に訊かれたとき、うわ、マジこの子つまんないこと訊くんだなって心底げんなりした。高校生になってやること生殖しかないのかよ、人間ならもっと文化を楽しめよって感じてたのを思い出してみると、やっぱりちょっと見下してたかもしれない。

もちろん私に彼氏はいなくて、中学高校時代は彼氏が欲しいなって思う瞬間すらなかった。ほとんど会話もしたことない男子から遊びに誘われたり、予兆もなくいきなり告白されたりすると、君たちはいったい私の何をいいと思ってそういうことを言ってるんだって、これもやっぱりちゃんと腹が立った。出会い厨《ちゅう》、恋愛厨うぜーって感じは、学生時代から私を構成してるレイヤーの一番下のほうに、削除不能な状態で間違いなく存在していた。

　でも男嫌いっていうのとは微妙に違くて、じゃあこの感じって何なんだろうなーってずっと考えていたあるとき、ふと、答えに思いあたる。

ん、ちょっと待った。私、そもそも人間が全体的に嫌い？

　開き直って気づけたとき、ずっとつけてたガスマスクが外れたみたいに急に楽になった。学校には行ってたけど、無理に周囲に合わせることはしない。何となく気の乗らない授業のときはずっとノートにお絵かきをして過ごして、なんとなく今日は違うかもなーって感じがしたら、平気で学校を休んでマックで一日過ごした。

　ゲームの配信でもやってみようかなって思ったのは大学に入ってからで、特に理由らしい理由はなかった。一人でゲームやってるときもどうせぶつぶつ何かを喋ってるから、そのまま配信にしてみようかなーって感じで、ニコニコにコミュニティを開設。すでにYouTubeに比べたら過疎化《かそか》が進んでたけど、別に収益が欲しかったわけじゃなかったし、ちょっとしたローカル感があるほうが気楽な気がした。実際、気楽だった。

　アニメ声な自覚はあったけど、そこそこ喋れるらしいっていうのは、自分でも知らない才能だった。昔からコツを摑《つか》むのは苦手じゃなかったように思う。運動もゲームも苦手じゃなかったし、イラストも本気になったら割とあっという間に上達した。配信もおんなじ。変に難しいことを言うより自然なリアクションのほうが喜んでもらえる。ゲームをやりながらビミョーにシチュエーションが被《かぶ》ってる漫画とかアニメの話をすると、コメント欄がめちゃくちゃ盛り上がる。学校の友達に遊ぼうよって声をかけられるのはウザかったのに、ネット上で次の配信早くやってくれないですかって言われると、しょーがないなぁって気になるから不思議だった。なぜか悪い気がしない。承認欲求が満たされるっていうのとはちょっと違くて、たぶんこれもおっきなゲームを遊んでるような感覚だったんだと思う。経験値や、キルや、ゴールドを増やすような感覚で、視聴者とコメントを増やしていく、リアルなゲーム。

　段々と視聴者の人が私をイジるようにもなってきて、双方向のやりとりが生まれてくる。ずっとゲームやってるけど彼氏はいないのか。ぼっち過ぎやしねぇか。大学で単位とれてんのか。今日クリスマスだけどいいのか。みんな恋人とえちえちしてるぞ、お前は非モテで一生終わってそれでいいのか。

　こういうコメントに対するリアクションは本当に簡単で、いつだって「うっせ！　非モテ処女バカにすんな！」でＯＫ。結局私の動画を観てる人たちはみんな似たもの同士で、私が「実は彼氏いるんだよ」なんて言うのを期待してない。このやり取りで何度でも何度でも、安心したいだけ。

みんなぼっちだよねー、みんな仲間だよねー、みんなどこにもいかないよねー、って。

大学入学と同時に私は一人暮らしを始めてて、最初の一年間は私がこの世界で一番人生を謳歌《おうか》してんじゃないかってくらい楽しみ倒した。一人で漫画、一人でアニメ、一人でゲーム、一人で配信。ご飯はあんまり好きじゃなくて、作るのも食べるのも面倒だからポテチとかチョコでお腹を満たす。喉が渇いたらモンエナでチャージ。掃除は苦手だからペットボトルとか空き缶とかのゴミはそこらに散らかり放題だったけど、誰にも怒られることはない。毎日が最高。私を止める存在はどこにもいなくて、生きるのってこんなにも楽しいんだなーって毎日静かに感動してた。

そんな中、本当に突然だった。

なぜだか不意に、「あれ？」って思うようになる日が、少しずつ増えていく。

「あれ？」の正体がなんなのかはうまく説明できない。とにかく「あれ？」って思うようになる回数が増えてく。こんなに楽しくて、毎日自由で、面倒な人付き合いから逃れられて、大好きな一人を堪能《たんのう》できてるはずなのに、たまに「あれ？」ってなる。でも、立ち止まって「あれ？」に向き合うことはしなくて、ちょっと風邪気味っぽいけどまあ大丈夫っしょの感じで薬も飲まずに夜更《よふ》かしばっかしてたけど、なんだかんだ体調元に戻ったじゃん——みたいな日が来ることを信じて過ごしてた。

楽しい、楽しい、一人を楽しみ続けた。

そんな生活が一年とちょっと続いたある日、一通のＤＭが届く。

「ぱるぱる様の配信を拝見し、ぜひ弊社所属のVTuberとして活動していただきたいと思い、ご連絡差し上げた次第です」

ぱるぱるは、当時私が使っていた配信用の名前。VTuberの存在はさすがに知ってたけど、ＤＭをもらった時点での興味は、正直ゼロだった。本当に遠慮のない言い方をしちゃうなら、漠然とあの界隈《かいわい》は意味わかんないなーとさえ思ってた。アイドルでもない、漫画のキャラクターでもない、実在もしてない、会うこともできない。そんな謎《なぞ》の存在が喋ってる動画の何が面白いんだろう、って。

動画を何本か観て初めて、ようやく勘違いしてたことがわかった。

想像していた何百倍も、VTuberの「中の人」は自由だった。

台本通りに声優さんが演技をしているって感じじゃない。普通の女の子が、普通に配信をしてる。自分に与えられてるキャラクター性をゆる〜く守った上で、スタバに行った話とか、昨日会った腹の立つ店員の話とかをしてる。観ている人たちはもちろん、この世界のどこにも奇妙奇天烈なうさ耳＆紫髪の女の子や、語尾が「ぽこ」とか「ぴょん」の電波女子がいないことを理解してる。けれども心のどこかでは、彼女たちが現実を生きていることを疑いもなく確信してる。「本当」の液体がたっぷり詰まった二リットルのペットボトルに、「嘘」が三滴だけ垂らされてるような絶妙なブレンド感。

その芸術的で神秘的な世界観に魅了されたんです――なんてことはぶっちゃけ微塵《みじん》もなくて、え、これでいいなら私にもできるじゃんってのが最初の感想。今まで「ぱるぱる」がやってきた配信の延長だ。ＤＭを送ってくれたパンタシアライブって会社が業界の中でもトップクラスに大きいことを知ったときには、もう「やりたいです」の返事を打ってた。そろそろ就活しなくちゃいけないのかなーってときだったし、在学中にこんな仕事を始められたら最高じゃんって打算もあった。もし仕事がうまくいきそうならそのまま本業にしちゃえばいいし、駄目そうなら別の仕事を探せばいい。

配信者「ぱるぱる」を応援してくれてる人の数は、少なくはなかったけど、めちゃくちゃ多いって感じではなかった。そんな私に声をかけてきたってことは、たぶん百人くらいに声をかけてるってことで、こっからオーディションとかがあるのかもなーなんて思ってたから、事務所に集められた女の子が私を含めてたった四人だったことに驚いた。

このメンバーでパンタシアライブ二期生を結成しようと思います。

え、もう決定でいいのって思ってるうちに、始動。

そうして私は、「ぱるぱる」から「雨露ゆゆ」になった。

あまり実感もないままVTuberになる契約をしちゃったけど、初めて雨露ゆゆのイラストを見た瞬間の感動は今でも覚えてる。

かわいい。

これが、私になるんだ。私は、これになれるんだ。

「雨と水辺をモチーフにしたキャラクターになってます。イメージカラーは青、水色です」

企画部の三十歳くらいのおじさんが、そう説明してくれた。パンタシアの内部にいる人はてっきりもっとオタクっぽい陰キャ感強い人たちなのかと思ってたけど、みんないい意味でものすごくちゃんとした大人だった。おじさんは雨露ゆゆの頭からつま先まで、一つ一つのパーツについて、その意味を丁寧に説明してくれた。

「ゆゆは、水辺が大好きなカワウソの妖精です。だからここに――ちっちゃくてわかりづらいですけど――ちゃんと耳がついてます。これはカワウソの耳。しっぽもあります。衣装は水陸両用になっていて、水に潜るときは潜水用のマスクがここから――」

まるで本当に、この世界にゆゆが実在してるみたいなテンションで教えてくれる。

ゆゆはもちろん、ゆゆなんだけど、性格は基本「ぱるぱる」のときとおんなじで構わないって言われた。語尾に何かつけてもいいけど、維持するのが大変だからあんまりオススメしないって言われて、確かに大変そうだからやめておいた。何度か打ち合わせを重ねて、いよいよ雨露ゆゆはパンタシアライブ二期メンバーとしてのデビューを迎える。

同期の「穂《ほ》ノ《の》雪《ゆき》まふゆ」と「春無《はるな》月《づき》トコ」って二人が抜群のスタートダッシュを切っ

た一方、私ともう一人の子はちょっと躓《つまず》いた。今になって初期の頃の配信を観ると、やっぱり自分でも拙《つたな》いなーって思う。声もちょっとだけ作りすぎてて、自然な感じがしてないし、「ぱるぱる」だった頃の思い切りのよさみたいなものが足りてない。

それでも大手パンタシアライブだから、あっという間に私にも数十万人規模のチャンネル登録者がついた。最初は挨拶《あいさつ》から始まって、視聴者からのコメントを読んで、ゲームの配信をして、シアライブの同期や先輩である一期生の子とコラボ配信したりして、歌を歌ったりして。

だんだん慣れてきたけど、もうちょっと伸びたらいいのにねっていう圧というか、願望みたいなのは、マネージャーさんや運営さんのオーラから何となく感じてて、でもじゃあどうしようかって対策も、私一人の力じゃ打てなくて、何となくもやもやした時間がしばらく続いてた。

そんな私の転機となったのが、二年前の十二月に企画された「ほろ酔いクリスマス配信」。

「軽くお酒を飲みながら、ちょっと隙《すき》のある感じで配信するのが人気の企画なんだけど、ゆゆはどのくらい飲める？」

わ、飲んだことないや、って、このとき初めて自覚した。両親も飲まないから、生まれたときから自宅にお酒はなかった。飲み会なんて一番嫌いな空間だったから行くわけがない。一人で買って飲めばよかったんだろうけど、そんなことするよりゲームをしていたいって思いが勝ち続けてきた人生だった。

「とりあえず飲みやすそうなのいくつか送っておくね。無理して飲まなくていいから」

数日後、ダンボール一杯に詰まったお酒が家《うち》に送られてきた。もちろん全部飲んでねって意味じゃなくて、たくさんあるから好きな味のを飲んでねって意味の優しさだったんだけど、飲酒したことのない間抜けにはちょうどいい加減がわからなかった。そもそも酔うって感覚がわからない。だから酔ってるフリを演じる自信がない。だったらある程度はほろ酔いになっておかなくちゃいけないなーなんて思って、頑張って苦くないお酒を選んでぐびぐび飲んでみた。あ、結構するする飲めちゃう。ならもう少し飲んでみようか。もう少し酔っておこうか。もうちょっとほろ酔い感がないと。そんなことをやってるうちに、私は自分でもびっくりするくらい見事に記憶を失った。

後日、配信のアーカイブを見た私は、絶句する。

「ほろ酔い配信」と銘打ってるだけあって、この日の配信では右手にビールジョッキを持っているゆゆの画像が使用されてた。頬はほんのり赤らんでいて、ちょっぴり楽しそうな表情をしている。でもそんなゆゆは、画面上でゆらゆらと左右に揺れ続けてるだけで、配信開始時刻になっても一言も喋らない。

どうしたー？　寝てるのか？　すでにデキあがってる？　起きろゆゆｗｗｗ　始まっ

てるぞーｗｗ

たくさんのコメントがたっぷり三分くらい流れ続けてから、ようやくゆゆは口を開いた。

「クリスマスを、爆破しろぉ」

私は完全にベロベロだった。そして第一声が聞こえた瞬間、コメント欄が「ｗ」で埋め尽くされる。

「悪いけどな……今日はコメントとか読めないぞ。ゆゆはな……ゆゆは怒ってる。このクソしょーもない世の中にな、世の中でな、クリスマスとかいうゴミカップルイベントが存在しててな、信仰心の欠片《かけら》もない、セイショクにしか興味のないアホ……って、あれだぞ？　セイショクって生《なま》の繁殖って書くほうの生殖だからな。聖職者の聖職じゃねぇぞ。そういう、ある意味での生殖者たちがのさばってるこのクリスマスに……どうして私は一人で、生まれてからずっと一人で、こんな配信して……ずっと孤独の……ぼっちで……うぅぉうぉぉ」

やばいってゆゆｗｗ　ゆゆが酔い潰《つぶ》れて覚醒《かくせい》してるｗｗ　いいぞもっとやれｗ　ゆゆガチぼっちなの？　処女確定？

「おい誰だ今、処女確定ってコメントしたヤツ……うるせぇな……うるせぇよ！　そうだよ処女だよ。それの何が悪いんだよ、こっちは、ずっと……あぁ、うぅ、ぼっち処女だよ！　ゲームとアニメだけが友達のクズ人生だよぉぉ……悔しいよぉ！　不本意で悔しいんだよぉが！　だからみんな優遇しろよ、私を、ゆゆをもっと労《いたわ》れよ。ゆゆだけに人生のファストパス寄越せよ。電車とかタクシーとか、ゆゆを優先して乗せろ。カップルは歩け！　特にクリスマスのカップルは死ぬほど歩け！　空いてるラブホ見つけられなくて歩き死ね！　死ねぇ！」

　やばい笑い死ぬｗｗｗ　俺たちは今伝説を目撃している……　ゆゆ完全にこっち側じゃん！　好感度爆上がり案件なんですけどｗｗｗ　止めない運営が優秀ｗｗ

「ゆゆが一番嫌いなやつはな、お前だよ！　お前！　イサナぁ！　イサナよく聞け！　お前みたいな、本当はヤリヤリで、男とめちゃくちゃなことしまくってんのに、証拠隠滅死ぬほど得意で、しらばっくれて清楚《せいそ》ぼっちぶって、VTuberとかやってるお前みたいなやつがなぁ、ゆゆは大っ嫌いなんだよぉ！　イサナぁ！　聞いてんだろイサナ！　お前はV界の恥だ！　死ねぇ！　本当のぼっちの私みたいなやつのために、クリスマス爆死しろぉ。……うぅぉ、おぉ、寂しい……ぼっち寂しい……だから、お前ら……ありがとうぅぅ。私の配信にいつも付き合ってくれて……ありがとう。毎日、お菓子とモンエナと変な錠剤のサプリだけで生きてるゆゆ、お前らいなかったら、とっくにぶっ壊れてた……お前らのおかげで、ゆゆ、まだ頑張れるよ。頑張るぅ。うぅ」

　記憶は、まるでない。

でもこの配信をきっかけに、私は「天才」と呼ばれるようになった。マネージャーさんからは「だいぶ余計なことも口走ってる」って注意を受けたけど、でもやっぱり心の底からは怒ってなくて、むしろ才能開花だよって褒めてくれた。チャンネル登録者数も、スパチャの額も、グッズの売り上げも、それまでの何倍もの数字に膨れ上がって、いつのまにか二期メンバーの中でも不動のトップに上り詰めてしまった。ゆゆは信用できる。ゆゆは安全。ゆゆは俺たちの味方――略して「ゆゆ信」って言葉がいつからかファンの間で定着していた。おかしな話だけど、私は泥酔《でいすい》中の自分を参考にトークのコツを思い出して、さらに配信の内容に磨きをかけていくことができた。

そろそろ引っ越したらどうかってマネージャーさんに言われて、今の稼ぎだったらどんなところに住めるんだろうって検索してひっくり返った。豪邸に住める。もちろん一戸建てじゃなくてマンションの一部屋なんだけど、一人暮らしのぼっちには十分すぎるサイズのお家だった。山手線沿線、駅まで徒歩三分。わっ、すご。えっ、私すご――ってなって、人生大成功じゃん、普通に就職してたらバカみたいに貧乏な暮らしだったろうし、私マジで正解の人生選び取った最高の勝ち組じゃん――って毎日めちゃくちゃ上機嫌で過ごしていた。

過ごしてたんだけど、困ったことになる。

急にあれが、戻ってきた。

あれっていうのは、他でもない。「あれ？」ってなる日のこと。

最高に広い部屋で、最高にハイスペックなPCで、大好きなゲームを心ゆくまで遊べて、食べたいお菓子だけ食べて、部屋は散らかし放題で、欲しいものは何でもポチれて――っていう最高の生活をしているのに「あれ？」が襲ってくる。そして今度は、その「あれ？」の正体が、ほんの少しだけ自分でもわかってしまうから、余計に苦しかった。

「ほろ酔い配信」を見直すといつでも、私自身がかつて一度も対面したことのない、生身の本心を吐き出す私に会えた。

ぼっち、悔しい、優遇しろ、寂しい。死ね。

何だ私、ちゃんと寂しいんじゃんって、酔っ払った自分に言われて初めて気づいた。

そしてこの寂しさの正体は、残念だけど友達が欲しいって意味ではないことも、自分でよくわかった。私の嫉妬《しっと》はずっとカップルに向かっている。男性とイチャイチャ過ごしている人に対してのみ、照準が合わされている。一応パンタシアライブの二期メンバーのみんなは――間違っても親友ではないけど――ゆるめの友達って感じではあった。マネージャーさんの存在もそれに近い何かではあった。

でも恋人だけは、似たような存在すら見つけられない。

実は私は生まれてから一度も、実態の私として、誰にも求められたことがないんだ。

そんな悲しい事実を自覚してしまうようになってから、私は誰もいない一人の部屋で涙を流すようになった。たっぷり一時間涙を流して、大丈夫って声をかけてくれる人もいないことに気づいて、気が済むまでクッションとかぬいぐるみとかに悲しい怒りをぶつけて、お腹がきゅーってなってることに気づく。

体の中心、宇宙みたいな謎の空間が、音もなく、きゅーきゅーきゅー。

切ない、苦しい、誰か助けて、きゅーきゅー。

「シアメン二期生とコラボしたカフェが、来月から秋葉原に期間限定でオープンします」

たぶんそんなに「あれ？」って思ってない頃の私だったら、へぇーそうなんですねーすごいですねー、くらいで済ませてたと思う。でもこのときの私は「行きたい」って、強く思った。これまで苦手で避け続けてきたリアルの世界に、何かを見出《みいだ》したいって思うようになってた。

コラボカフェ、行きたいです。

なんてマネージャーさんに言っても、身バレしたらどうするの、行っていいわけないでしょって言われるのは目に見えてたから、私は一人で秋葉原に行くことにした。マスクはもちろんだけど、ちょっと大きめのキャスケットも被って、なるべく目立たないような地味な恰好《かっこう》をしてカフェを目指した。ゆゆのファンは圧倒的に男性が多かったけど、それでも女の子のファンだって結構な数がいた。きっと普通にしていれば、ただのカフェのお客さんとしてお店に入れるに違いない。

別に、お店に来てるお客さんに対して、ゆゆのこと好き？　ゆゆのこと大事？　一日のうちどれくらいゆゆのこと考えてる？　なんてメンヘラ丸出しのクソムーブをするつもりはなくて、ただ単に何となく、こういう雰囲気の人がいつも配信を聞いてくれてるんだなーって、その空気感を知りたかった。実感と経験が欲しかった。だから黙って自分でプロデュースしたメニューを頼んで、オマケのグッズをもらったら大人しく家に帰るつもりでいた。後日配信で、実はゆゆも行ってきたんだよーなんて話をしてもいいかもしれないなー、くらいのことを考えてた。

「……あの、ゆ、ゆゆさん、本人ですよね？」

ビビったけど、怖さはなかった。ただ、この人ヤッバとは思った。

VTuberがそのキャラクターになる前にやっていたことを、この界隈では「前世」って呼ぶ。つまり「雨露ゆゆ」の前世は「ぱるぱる」ってことになる。ネット上ではすでに私の前世が「ぱるぱる」だってことは周知の事実になってて、Googleの検索ボックスに「雨露ゆゆ」って入力すると「前世」って言葉がすぐにサジェストされて、検索してみたら誰だって一瞬でわかるようになっちゃってる。私が自分で暴露したんじゃなくて、声や喋り方が一緒だーって目ざとい誰かが見つけちゃったみたい。何にしても、私が元「ぱるぱる」なのはモロバレ状態。

　でも、顔出しをしたことは一度もなかった。

　私がゆゆであることを推測できるとすればヒントは唯一、声だけなのだけど、私はまだ一言だって喋ってなかった。何でこの人は私がゆゆだってわかったんだろう。え、どうしよう、マネージャーさんに怒られちゃう、てかこの人、何者。しらばっくれたら逃げ切れるかな。どのくらいの自信があってこんなこと言ってるんだろ。いろんなことが過《よぎ》ったけど、怖さがそんなに湧《わ》き上がってこなかったのは、男の人が私より遥《はる》かにキョドりまくってたから。私が右手をあげて、コラって叫んだら、キャーって叫んで逃げ出しそうなくらいのヘロヘロ弱腰。若い子だったし、身長低めで力もなさそうで、声をかけてきたのもお店の前だったから近くに人はたくさんいた。

　適当にあしらっちゃおうかなって思ったんだけど、もしも仕事で会ったことのあるガチの知り合いだったらマズいなってことが過って、私は結局、内緒だよのポーズとして人差し指を立ててシーってだけして、その場を乗り切ることにした。

　男の人はそれで納得したのかどうかはわかんなかったけど、そのままよろよろとお辞儀して、店には入らず駅のほうへ向かってくれた。たぶん私とは逆で、ちょうど店から出てきたところだったんだと思う。つけ回されたりしたら面倒だなーって思ってたからそれはそれで助かって、私は案内されるまま席についてメニューを眺めて、自分で考えた特製のパフェとドリンクを頼んで、全部キレイに食べ終える頃に――なぜだか声を出さずに泣いていた。

最初は自分でも、自分が泣いている理由がよくわからなかった。

周りの人はみんなゆゆとか、まふゆとかトコの話をしてて、やっぱりファンの人達だけあってすごく楽しい空気が流れてた。実はゆゆって他の二期メンに嫌われてる感あるよねーってひそひそ話が聞こえてきたときには、何だこんにゃろとは思ったけど、でもそれ以上に悲しいことは何もないはずだった。

なのに、涙がポロポロ止まらなくなってきて、私はさっき話しかけてきた謎のお兄さんがもう一度お店に戻ってきてくれないかななんて、そんな謎なことまで考え出してた。

あ、私、何もなさすぎて、ショック受けてるんだ。

別にチヤホヤして欲しかったわけじゃない。身バレして大騒ぎになって欲しかったわけじゃない。でもゆゆの「中」がここにいるのに、ゆゆのグッズや、ゆゆの関連商品だけを見ている人達の姿に、心が押しつぶされそうになっているんだって気づいた。それは紛れもなく、私が何年か前から感じていた例の「あれ？」の、巨大かつ強化された、最強濃縮バージョンの苦しさだった。

私が雨露ゆゆなのに、誰も私に気づいてくれない。

確かに人を避け続けてきたのは私かもしれない。でもだからって、どうして私はこんなにも孤独と孤立の中心に立たされなくちゃいけないんだろう。私はVの皮をかぶれていないだけで、こんなにも色々なものを剝《は》ぎ取られてしまう。

マンションのエントランスをくぐりながら、あぁ、何か、もういいや。次の配信とかもすっぽかしちゃって、全部かなぐり捨てて、みんなに思いっきり迷惑かけてゼロに戻しちゃおっかななんてこと考え出す。さっきのお店の中にいた誰かが、もしくは突然声をかけてきたあの謎のお兄さんが、「ゆゆさんですよね。大好きです。大切にするんで僕と付き合ってください」って言ってきたら、私は何も考えずにいいよって答えちゃうくらい弱り切ってた。弱々のへろへろでボロボロだった。顔も体重も年齢も年収もまったく気にしないでOKしてあげたのに。声かけてよ。声かけてくれたらそれだけで合格だったんだよ、みんな。なのに、なのに。

こんなところで泣いちゃうなんてマジでメンヘラじゃんって自分のことバカにしながら、郵便受けに詰まってた郵便物を取り出す。するとその中に、一通だけ「イサナ」宛《あて》の郵便物が紛れていることに気づいた。パンタシアからの明細書だ。パンタシアはそこそこ大きい会社なはずなのに、ちょいちょいこういうミスを犯す。間違いは誰にでもあるから仕方ないよねーって寛大になれたらカッコよかったのかもしれないけど、私は追い込まれてて、へとへとで、限界に近いところまで来ていた。仮にまふゆ宛の明細や、トコ宛の明細が届いちゃってたとして、それなら別に問題なく我慢できたんじゃないかなって思う。でもイサナだけは無理だった。そんなわけじゃないんだろうけど、なんだか「お前はイサナだ」「イサナみたいな人間だ」って運営さんに言われたみたいな気がしちゃって、それがものすんごく悔しくて、私はその場で泣きながらマネージャーさんに電話してた。

封はまだ切ってないので、すぐに取りに来てください。ちゃんと雨露ゆゆ宛の明細をください。言った瞬間、マネージャーさんは自分が間違えたわけじゃないだろうにごめんねってものすごく丁寧に謝ってくれて、すぐ取りに行くねって言ってくれた。私はエレベーターの中で、やっぱりたっぷりと泣いた。部屋に戻ると、いつもみたいにクッションが私の涙をたっぷりと吸い込む。そしてお腹がまたしても、きゅーきゅー。

孤独の重さを胃袋で感じながら、きゅーきゅー。きゅーきゅー。

明細を交換しに来たマネージャーさんは、落ち込んでる私に少しでも楽しい話題を提供してくれようとしたんだと思う。長い時間をかけて私を慰めてから最後に、

「そういえば今度の曲。ゆゆの魅力を最大限に引き出すものにしたいから、事前にかなり細かく打ち合わせをしたいみたいなんだけど、ゆゆは大丈夫？」

誰が私と細かく打ち合わせをしたがっているのか、よくわからなかった。マネージャーさんとするのか、企画の人とするのか、レコード会社の人とするのか。仮に誰であっ

ても打ち合わせをするくらい構わないなって思ってたら、

「『うみの』くんって覚えてる？」

マネージャーさんは、一枚の資料を私の前に示してみせた。

「『かわうそ革命』とかを作曲してくれた、彼なんだけど。どう？」

そうして彼は、私の前に現れた。

現れてくれた。


「こんな役目を任せちゃって、本当にごめん、ゆゆ」

うみのがこの世からいなくなってしまってから、五日。

涙が涸《か》れるって表現をする人がいるけど、あれは嘘だった。私の涙はいつまで経《た》っても涸れなくて、私はとうとう涙を拭くためのハンドタオルを携帯するようになっていた。もうパーカーの袖《そで》だけじゃ、私の涙は吸い尽くせない。

「最初はこの台本の通りに喋ってくれれば、それでいい。もし全部読み上げて、それでも余裕がありそうだったら、そのままゆゆの言葉で今の思いを喋って。繰り返しになるけど、無理をする必要は本当にない」

詳しいことはわからなかったけど、世の中には企業がトラブルや炎上騒ぎに巻き込まれてしまったときに、対処方法をアドバイスしてくれる専門の業者さんみたいなのがいるらしい。パンタシアもそういうところに依頼して、現在のゆゆの状況を分析してもらっていた。

【雨露さんとうみの氏が交際していたことを確定させる情報は、ネット上には何も出回っていません。一部のまとめサイトやツイッタラーが昨月のうみの氏のインスタ投稿と、昨年のゆゆさんの配信の内容に『匂《にお》わせ』の痕跡《こんせき》を見ていますが、今のところこじつけの域は出ていない印象です。よって情報を注視している層、パンタシアライブやVTuberに強い関心を持っている層は、概《おおむ》ね雨露さんに同情的です。しかしそうではない層においては、相変わらず雨露さんとうみの氏が交際していたのは事実であると信じたいと考えています。世間は事実よりも、面白おかしく騒げる誤報を愛《め》でる傾向にあります。よってパンタシアさまは引き続き故人や事件に配慮しつつ、あらゆる情報を包み隠さず、交際の事実がなかったことを明確に主張し続けるべきです。】

渡された台本には、まず世間を騒がせてしまっていることに対する謝罪の言葉が並べられていた。そこから亡《な》くなったうみのに対するお悔やみの言葉が続いていて、更には殺人犯に対する強い怒り。最後に私とうみのはあくまで仕事上の仲間であり、それ以上の関係ではなかったことがしつこいくらい丁寧に書かれている。

「可能なら、って話になるんだけど、いい？」

今日の配信は私の自宅からじゃなくて、大きめのレンタルスタジオからやることになっていた。いろいろなトラブルが起こる可能性を想定して、臨機応変に動く必要があるから、ってことらしい。

現場にいるのはマネージャーさんに、企画部の偉いおじさんと、社長さんと、その他たくさんのスタッフの人たち、十人以上。こんなにもたくさんの人に囲まれて配信をした経験なんてなくて、やっぱりあらためて今回の事態が私個人としても、会社としても、そして世の中的にもとてもとても大きなことなんだなっていうのを思い知らされる。

またハンドタオルで目元を拭った私に対してマネージャーさんは、

「今後の活動については『未定』ってことを明言した上で、視聴者に今後の活動についての意見を仰いでみて欲しいの」

今回の、うみのが殺されてしまった事件。私たちは、異常者に巻き込まれた被害者でしかない。でもだからといって、平気な顔をして活動を続けていくのは、色々な意味で難しい。直接の原因ではないけれども、ゆゆたちの存在がきっかけになって人が一人殺されてしまった。今までどおりの楽しい配信をしたとしても、もう無邪気には楽しめないって視聴者がたくさんいるはず。ひょっとするとゆゆ自身も楽しく配信はできないかもしれない。そこで今回ゆゆが自分の言葉で騒動についての説明をして、可能なら活動は続けていきたいんだけど、リスナーのみんなはまだ私についてきてくれますか――って尋ねてみて欲しい、ってことだった。

「ゆゆが誠実に説明をした上で、本当に苦しんでて、それでもなお活動を続けたいって思ってることを理解してもらえたら、見ている人達は自然と応援してくれると思うの。そうやって応援の声をたくさんもらうことができれば――」

　ゆゆは、ゆゆのまま、活動を続けられる、かもしれない。

　正直なところ、今後のことについては何も考えられなかった。今この瞬間の気持ちとしては、これ以上、雨露ゆゆは活動できないような気がしていた。頑張るためのエネルギーが、私にはもうこれっぽっちも、ない。でも現実的なことを考えると、私にはゆゆしかないっていうのも事実だった。活動が軌道に乗ってしばらくしてから大学はやめてしまっていて、私はＶのお仕事を失ったらただの無職になる。これ以外の仕事でお金を稼ぐ方法を、私は知らない。

　だから続けるべきなんだと思う。少なくとも続けられる状態は作っておくべきなんだと思う。それが私のためであって、ゆゆのためであって、パンタシアのためでもあって、ひょっとすると私のことを誰よりも大事にしてくれた、うみののためでもあるのかもしれない。

　配信開始の時間が、迫ってた。

　今回は配信待機中のＢＧＭもなくて、ゆゆの映像もない。真っ暗な画面の中、まるでラジオみたいに私が喋るだけ。私の目の前にあるＰＣにはいつものように、現在ゆゆの配信を待っているリスナーの人数が表示されている。

百二十三万人。

これまでの最高記録は、たしか二十万人とちょっと。今までとは比べものにならない数字だったけれども、改めて驚いたりその数字の大きさをじっくりと噛《か》みしめるには、私の心は疲れすぎていた。ただ、あぁ、ファンじゃない人――つまり、野次馬っぽい人だったり、ひょっとするとうみののファンだった人も聞くんだろうなって考えたら、胸の中で黒い毛虫みたいなのがぞわぞわって暴れ出した。

当たり前だけど、うみのにはうみののファンがたくさんいた。顔出しもしてて、スタイルもよくてカッコよかったから、女の子のファンがたくさんいた。そんなうみのファンの子たちは、やっぱり私のことをよく思ってない。私のことを人殺しだっていう人達もたくさんいた。そんな人達に、私は何を伝えたらいいんだろう。

うみののことを好いていたという意味では、私たちは密《ひそ》かに似たもの同士なのに。

あなたたちも知ってるかもしれないけど、私も知ってるんだよ。

うみのは、本当に、本当に――

「ゆゆさん、中身もすっごい美人じゃないですか」

お世辞のうまい男だなーなんて冷めたことは思わなくて、私は自分でも笑っちゃうくらい、初対面のときからドギマギした。優しくて、イケメン。でも気色悪いナルシストっぽい感じはまるでなくて、どこまでも自然体。私に対する接し方も、ものすごく紳士的でカッコよかった。あ、この人のこと、私すんなり受け容《い》れられるかも。今までのぼっち人生を振り返ってみても、信じられないくらいのスピードで、私はうみのとの距離を縮めていった。

　もうちょっと詳しくゆゆさんのこと教えてくれませんか。今までボイトレってしたことあります？　ないなら、手伝わせてくれませんか？　好きな音楽はありますか？　もしよかったらこんなイベントがあるんですけど、一緒に行きません？　え、じゃあ結構地元近かったのかもね。なんだろ、ゆゆといると楽しくなっちゃうな。他の二期メンがゆゆのこと好いてないって、そんなの絶対嘘だよ。だってゆゆこんなに楽しくていい子だもん。あのさ、今度一緒にどっか遊びに行かない？　普通に仕事関係なく二人っきりで。これはプレゼントのマグカップ。今度からゆゆのおうちで一緒に飲み物飲むときは、おそろでこれ使おうよ。

　私の人生に足りなかった最後のひとピースが、嵌《は》まったような感覚だった。

　これじゃん。私がずっと欲しかったの、これじゃん、って。

　こうして、うみのとの出会いをきっかけに、私の人生はどん底から華麗なV字回復。私はメンタルも体調も全部全部回復させて、真の意味で最高で完璧な人生を手に入れる

――って、当時の私は本気で、思ってた。

でも、なぜか、そうはならなかった。

なぜって、あれが来たからだ。私が大嫌いな「あれ？」。

何てことのない土曜日。うみのと手を繋いでショッピングモールを歩いてたとき、私は自分より少し年下かなって雰囲気の女の子と擦れ違った。一重まぶたのぽっちゃりした女の子で、肩掛けの鞄《かばん》にはアニメのキャラクターの缶バッジがたくさんついてた。その中のいくつかは私も見たことのあるアニメだったから、あ、気が合うかもじゃん、なーんて声をかけられるわけもないのに意味もなくそんなことを考えてたら、信じられないくらい冷たい目つきで睨《にら》まれた。

ちょっと見つめ過ぎちゃったかな。それとも私、どっか感じ悪かったかなって反省して、しばらく歩いたところで、うみのがちょっとトイレにって言うから、私は一人でベンチに座って彼を待つことになった。待つこと自体は何もイヤじゃなかったんだけど、ベンチには私の他にもチャラついた雰囲気のカップルが座ってた。何となくいけ好かないなーって思ってたら、信じられないことにチャラチャラカップルはその場でキスをし始める。舌を絡《から》めるような濃い感じのやつじゃなくて、軽いちゅって感じのキスだったけど、こっちからしたら吐き気がするほど気持ち悪くて腹が立って、てめーリア充のゴミカップルはショッピングモールでクソデートなんてしてないでこのまま消え失《う》せろよって思ったときに、うみのがトイレから戻ってきた。

その瞬間、「あれ？」って、私は声に出してた。

そして今度は私がトイレに行く番になった。慌《あわ》てて個室に駆け込んで、便器の前に座り込んで、冗談でも何でもなく、私はゲロを吐いた。お腹の中にはさっきうみのと一緒に食べたパスタとかピザがたくさん詰まってたから、ゲロは胃液の酸っぱさと一緒に、ちょっとだけチーズっぽい匂いを漂わせていた。

「あれ？」ってもう一度、声に出したとき、私は自分がこの世界で一番嫌いな種類の人間になっていることに気づいて、そして同時にさっきぽっちゃりの子に睨み付けられた意味にも気づいた。あれは、うみのと出会う前の私だ。これまでの私は、幸せオーラ振りまきながら街を歩いてる同年代のカップルのことは、意味もなく全員睨み殺そうと思って睨みつけてきた。

私は結局トイレの中に二十分こもり続けて、「大丈夫？」って連絡をくれたうみのに今日はこのまま解散にして欲しいって無理言って、そこからまた一時間トイレにこもり続けてから一人で電車に乗って家へと向かった。

え、あれ、私って、私って何だっけ。

どうなりたくて、どうはなりたくないんだっけ。

このままじゃ、こんなの、イサナみたいじゃん。そんなの死んでもイヤだ。イサナになるくらいなら、そんなの文字通り、死んだほうがマシ。

自己嫌悪《けんお》が最高に高まった状態で一人の家に帰るのがすごくイヤで、久しぶりに自分の家から一番近いコンビニに入る。甘ったるいコンビニスイーツでも山ほど食べてどうにか自分を取り戻そうって考えてレジに向かったとき、私は、数カ月前の答え合わせに成功する。

　両手に抱えたプリン、シュークリーム、ババロアなんかを一つ一つレジの上に置きながら、

「どっちが先？」

「……え、は、はい？」

「ここで働き始めたのと、ゆゆのこと知ったの、どっちが先？」

　レジに立っていた冴《さ》えない店員は、私がシアライブのコラボカフェに行ったあの日、唐突に声をかけてきた男だった。温めますかとか、レジ袋要りますかとか訊かれたら、どうしたってはいとかいいえくらいの返事はする。私の声は結構特徴的だ。だからこの人は、そこそこ常連だった私の正体が雨露ゆゆだってことに気づいたんだろう——っていうのが、私にとっては一番平和な真実で、仮にもっとヤバい手段で私の正体を突き止めて、私と会う頻度を増やしたいからこのコンビニで働き始めたのだとしたら地獄過ぎる。だから順番が気になったんだけど、

「お、おんなじくらいです。本当に」

ちょっと疑わしかったけど、これ以上嫌なことを考えるのが面倒だったから、私はあっそって素っ気ない返事をしてPayPayのアイコンをタップ。そのときちょうどうみのからの連絡が画面にポップアップされて、私は喉の奥からまた苦いものがせり上がってくるのを感じる。慌てて画面を伏せ、

「店員さんはさ、ゆゆのファンなの？」

「……え、あ、はい。自分、あの、『ちょーじゃん』です」

「え？」

「あの、最初に『ゆゆ砲』って言葉作った、あの――」

「あぁ、カニのアイコンの」

私は想像もしていなかった名前が出たことに驚いて、一方の店員さんは私に認知されていたのが嬉しかったみたいでほっぺたを赤くしていた。私はやっぱりSuicaで支払いたいって言ってから、深いため息をついた。

「仮に――仮にだよ。ちょーじゃんは、ゆゆが彼氏作ったら、どう思う？」

「へっ」

店員さんは間抜けな声を出してから、まるで明日世界が滅亡するんだよって知らされた小学生みたいな顔をして、

「作るんですか？」

「作るわけないだろうが。作りたくてもできないんだよ！　モテないから！　一生処女が確定してんだよボケ！　言わせんな」

私が言うと、店員さんは安心したみたいにはあはあって呼吸を荒くして笑ってから、あ、そうだって言って突然バックヤードに走り出す。何するのかと思ったら、廃棄予定らしいのり弁当を二つ持ってきて、

「ゆゆさん、粗食っぽいから、ぜひ食べてください。健康、ほんと大事なんで。あんなサプリとかお菓子ばっかりは、よくないです。僕からのプレ、プレゼントです。長く配信続けてください」

流れ上、受け取らないのも変な感じになっちゃったから、私は仕方なくビニール袋を二つ持って自分の部屋に戻った。別にお腹は空《す》いてなかったけど、たぶん廃棄間近のお弁当なんて日持ちもしないだろうし、少し食べるくらいのことはしてあげてもいいのかなってテーブルの上に広げた。食欲はそんなにない。でもさっきイタリアンを吐いちゃったばっかりだし、少しお腹に何かを入れてあげたほうがいいのかもなーって考えながら、プラスチックの蓋《ふた》を取ってお箸《はし》を摑んだ。あの人の言うとおり、いつもお菓子とサプリとモンエナだけで生きてる私みたいな人間は、たまにはこういうちゃんとしたご飯を――ってところで、私は止まった。

慌てて冷蔵庫に走って、そこに使いかけのレタスとほうれん草、六個入りの卵に牛乳が綺麗《きれい》に整理されていることに気づく。一昨日、うみのに料理を作ってあげたときの残りだ。モンエナは、一本も冷えてない。愛用してたはずのサプリのビンはキッチン棚の一番奥のほうに押し込まれていて、取り出してためしに蓋を捻《ひね》ってみるけど固くてまったく開きそうにない。

開け、開け、開け――って、これが開くことが何かの証明になる気がして、力一杯捻り倒すんだけど、やっぱりビンの蓋はピクリともしない。

次の瞬間、頭の中が、ううあぁぁってなって、私は思いきりビンを冷蔵庫に向かって投げつけていた。ビンは割れなかったけどものすごい音がして、私はそれに触発されるようにして思いっきり奇声を上げる。いやぁぁぁってなって、テーブルにダッシュで戻って置きっぱなしになってたお弁当に思いっきりパンチするみたいに右の拳《こぶし》を叩《たた》きつける。ご飯粒が水しぶきみたいにリビングの真ん中で散って、私はお弁当の入ってる容器を摑んでゴミ箱の中に押し込む。

奇声を上げるのをやめられない。

もうやめたい。やめたいんだけど、まったくやめられそうな気配がない。

いやぁぁって、いやぁぁって、自分の魂の全部を吐き出すような叫び声を上げながら、視界に飛び込んできたのは出しっぱなしになっていた水色のマグカップ。うみのが買ってくれた、おそろのマグカップ。まるで仲のいいカップルみたいに二つ並んで仲良く置いてあるのが我慢ならなくて、私は片方のカップを摑んで、壁に向かって全力で投げつける。世界中を壊すみたいに響いた音は、

　ぱりーん。

「この度は、『うみの』さんこと野村海斗さんが殺害されてしまった今月十五日の事件について、VTuber雨露ゆゆとしてもきちんとコメントをするべきだと考え、このような場を設けていただきました。聞いてくださっている皆様、本当にありがとうございます」

　配信が始まる頃には、視聴者数は百五十万人に到達していた。

でもやっぱり数はそんなに気にならなくて、私はひたすら渡された原稿を涙に溺《おぼ》れないように読み続けることに必死だった。コメント欄は開放されていない。でもTwitter上だったり、5ちゃんだったりで私についての話題がどんな感じで流れてるのかを、同じ部屋で複数の運営さんたちがリアルタイムでチェックしてくれていた。私のすぐ近くにはマネージャーさんもいる。何かおかしなことになりそうだったら、いくつかのプランが用意されているみたいだったけど、詳しいことについては何も知らなかった。

　うみのさんは、私たちパンタシアライブ二期生にいくつかの楽曲を提供してくださっ

ている、素晴らしいクリエイターさんでした。とても尊敬していましたし、ゆゆも、他のみんなも、うみのさんのことが大好きでした。彼の尊い命があまりにも身勝手に奪われてしまったことに対して、ビジネス上のパートナーとしても、個人としても、非常に強い悲しみと憤《いきどお》りを覚えます。

　パンタシアの人たちと、トラブル対応会社の人たちが作ってくれた原稿は、本当に完璧だった。ネット上にどんなコメントが溢れているのか、私はわからなかったけど、少なくともパンタシアライブや私のことを批難するようなコメントはこないに違いない

――そう思えるだけの、丁寧で、説得力があって、誠実な文章だった。

　つっかえたり、噛んだり、鼻を啜ったりはしてしまったけど、私は渡された文章をきちんと最後まで読み上げることができた。でも同時に、私は強く確信してしまった。たぶんこの空気になっちゃったら、ここまで湿っぽい、悲しい空気を雨露ゆゆが纏《まと》ってしまったら、二度とシアメンとして楽しい配信はできないな、って。たぶんもう誰も楽しく、笑顔でコメントをしてくれたり、ゆゆのことをイジってくれたり、お前アホかよなんて言って高額のスパチャを投げてくれたりはしない。亡霊みたいな真っ黒い影が、一生、私の後ろにつきまとってしまう。

　それって、何でだろう。

　何でこうなっちゃったんだろう。

考え出したとき、私はお腹のきゅーきゅーを、感じる。あ、この感じ、今なら、喋れる気がする。私は原稿をテーブルに置いて、震える両手を静かに重ねた。そして泣きながら深呼吸を三回して、

「悔しぃ、です」

聞き取りづらかっただろうなって思って、もう一度、

「すごくすごく、悔しいです。皆さんは、ゆゆの今後について、どうしたらいいと思いますか？　ゆゆはどうするべきだって思いますか？　ゆゆは……ゆゆは――」

運営さんたちが、私の言葉を注意深く待つ。ガラス窓の向こうには、社長さんの姿もある。私はそれを見て、私たちが背負っているものがどれだけ大きいものなのか、私が守らなくちゃいけないものがどれだけ大切なものなのかを思い出して、自分の人生がこれまでどれだけ理不尽にねじ曲げられてきたのかを思い出して、涙を唾《つば》みたいに飛ばしながら叫んだ。

「ふっざけんなよって、ふっざけんじゃねぇぞバカって！　犯人に言いたいです！　ゆゆたちは一生懸命、ただみんなを喜ばせたくて配信を頑張ってきました！　うみのさんと私がつき、付き合うみたいなこと、あるわけねぇだろバカ！　ちゃんと考えろよ！配信見てたらわかんだろうがアホ！　アホアホアホ！　私はぜんっぜんモテないし、ずっと処女でぼっちで、そんな私が、あんなカッコよくて才能のある男の人に好きになっ

てもらえるわけねぇだろバカ！　おい犯人。お前一人の勘違いゴミ馬鹿《ばか》のせいで、全部台なしになるよ！　私たちパンタシアライブも、雨露ゆゆも、うみのさんも、うみのさんのファンも、全部台なしになろうとしてるよ！　バカバカ！　なんでこんなぼっちのゴミ人生で、料理も作れなくて一人で毎日お菓子食べるしかなくて、シアメン以外の友達もできないで……そんなずっと不幸のど真ん中みたいな人生歩んでたのに、さらに、さらにこんな……こんな！　あのな犯人！　私の唯一の居場所が、ここだったんだよ！　雨露ゆゆはここでしか生きられないんだよ！　わかってんのかオイ！　自分がどれだけめちゃくちゃなことしたのか！　私がどれだけあんたのこと憎んでるのか！　わかってんのかこの大アホボケたわし！　たわしぃ！　お前はな、お前は――」

　そこで運営さんたちが私に何かジェスチャーをしていることに気づく。あ、最悪、熱くなりすぎて、ヤバいこと口走っちゃったんだって青ざめてたら、マネージャーさんがマイクのミュートボタンを押して、

「ゆゆ、そのまま続けて。いい流れが来てるっ」

　ミュートを解除してもらったと同時に私は、

「最低のクズ自己中マルゲリータだよぉ！」

　マネージャーさんの顔が、運営さんたちの顔が、社長さんの顔が、みるみる、みるみる、笑顔になっていく。私は何も飾らず、何も頑張らず、ただひたすら胸の奥から湧き

上がってくる言葉をマイクにぶつけ続けた。

「何だこの人生はぁ！　何だこれはぁ！　よく聞けぇ犯人、お前はぁ――」

店員さんはモンエナのバーコードを読み取る手を止めて、え、っと小さく零した。

「ゆゆのお願いだったら、どんなことでも聞いてくれる？」

「ゆゆのために、どれくらいのことだったらできそう？」

私は事実として疲れていたんだけど、より疲れてるっぽい雰囲気を瞳《ひとみ》に滲《にじ》ませて、ぼそっと訊いてみた。店員さんは、え、とか、あ、とか言ってさんざんキョドってから、可能なことなら頑張りたいと思いますって答えてくれる。

だから私は、自分のお願いを彼に伝えた。

伝えきってから、あ、やっぱり今のナシ、冗談だよ、ごめん、無理だよね、そんなこと絶対にしないでねって慌てて付け加える。たぶん彼はもう止まれないんだろうなってことが、わかっていながら。

それとなくこのコンビニの別の店員さんに、あの人が働き始めたのはいつ頃ですか――って訊いてみたら、全然最近だってことがすぐにわかった。私とコラボカフェで会ったずっと後のことだ。彼はたまたまこのコンビニで働いてた男の人じゃない。私の声だけを頼りに、私の正体を突き止めて、私の家から一番近いコンビニで働き始めた異常者。

だからこの人なら、きっときっと、きっと。

「ひ、ひとつ……お願い、聞いてもらってもいいですか？」

「お願い？」

「自分……岩井出って言います。本名」

「……で？」

「ゆゆさんの本名、教えてもらえないですか？」

「……なんで？」

「そ、それさえ教えてもらえたら、が、頑張れる気がします」

何を頑張れるのか——なんてことは訊かなかった。改めて絶対にやめてよって念押しをしてから、死ぬほど大嫌いな本名を、彼には教えてあげてもいいような気がしてた。さあ、教えてあげようって思ってから数秒、あれ、私の本名ってなんだっけ、って、まるでちょっとマイナーな歴史上の偉人を思い出すみたいな変な間が生まれる。

思い出せない。

私の前世は「ぱるぱる」。私の現世は「雨露ゆゆ」。じゃあ私の本名は？

私はいったい、いったい、いったい。

いったい誰なんだっけ？

「やっぱり天才だ、ゆゆ！」

　配信を終えたばかりの私に、ネット上の反響はまるでわからない。でも運営の人たちや社長さん、マネージャーさんが涙を浮かべそうなくらいの勢いで私のことを褒めてくれてるのを見ると、あ、私うまくやれたのかもって気がしてくる。

「本気の怒りと、弔いの気持ちと、悲しさがあって、でもユーモアが消えなかったのが完璧だった。いける。続けられる。雨露ゆゆは死なない。大丈夫だ。シアライブ二期が始まってから、最初に四人を引っ張ってくれたのは穂ノ雪まふゆだった。ナンバーツーをガッツリ守ってくれたのが春無月トコだった。少し出遅れ気味だった三番手が森灯《もりあかり》ほたるで、ずっと最後方で躓いていたのが雨露ゆゆ。そんなゆゆが、ゆゆが、本当にゆゆは天才だよ！　これからもゆゆがうちのトップ、いや、V界のトップだ」

　社長さんは私の頭をわしゃわしゃと撫《な》でてくれる。いつもは一歩間違えばセクハラだって言われかねないボディタッチは絶対にしない人だったから、今は本当にテンション上がっちゃってるんだなってことがわかってとても嬉しかった。社長さんの手が私の頭に生えてるカワウソの耳の付け根にちょこちょこって触れて、私はそれがくすぐったくて、照れくさくって、でも悲しさはまだ胸に残ってて、複雑な涙顔を作ってしまう。どんな表現も正解じゃない気がして何も言葉にできなかったから、私は代わりに尻尾を振って自分の正直な気持ちを表現する。ふりふり、ふりふり、って。

撤収が完了すると、マネージャーさんが私を家まで送ってくれる。笑顔で手を振って別れて、一応郵便受けを確認しておこうって思って覗くと、一枚のハガキが届いているのに気づく。昔一回だけ行ったことのあるネイルサロンから優待のお知らせ。あ、悪くないかも。やっぱりいい仕事をした後にはいいお知らせが待ってるんだね、久しぶりに行ってみてもいいかなーなんて思ってよく宛名を確認してみると、私は一気に最悪な気持ちになる。

鈴木《すずき》伊《い》沙《さ》奈《な》様へ、特別な優待のお知らせ。

また、イサナ宛の手紙がうちに届いてる。イサナはもう、どこにもいないのに。私宛じゃないなら、サロンになんて行けるわけがない。私は部屋に戻るとハガキをすぐにシュレッダーの中に放り込んで、紙が電気の力でばりばりと食べられていく音をしばらく楽しむ。音に合わせて尻尾をふりふり揺らして、どうにかイライラを鎮《しず》めようとする。

あ、駄目かも。

そんな予感が、胸の奥からせり上がってくる。みんなが褒めてくれた余韻も、何かをやり遂げた達成感も間違いなくあった。でもやっぱり冷静に考えれば、にっこりと笑顔になれるわけがない。だって、だって――だってそうじゃないか。

雨露ゆゆとしての活動は続けられるかもしれない。でも大切なうみのを失った私は孤独で、やっぱりこれからもぼっちで生きなくちゃいけなくて、たぶん来年も再来年もずっと処女のまんま、一人で生きなくちゃいけない。

そう考えた瞬間、いつものきゅーがやってきた。しかもこれまでの人生で味わったことがないくらい大きくて強烈なやつだ。私はお腹を思いっきり押さえてソファーに蹲《うずくま》った。とんでもなく苦しい。切ない。寂しい。悔しくて悲しい。私は涙をぽろぽろ零しながら、思わず低い声でうぅうぅ呻《うめ》いてしまう。あぁ、苦しい。本当に辛《つら》い。何で私ばっかりこんな目に遭うんだろう。誰か、誰でもいい。本当に誰でもいいから、今すぐ私を、助けて。

きゅーきゅー。きゅーきゅー。

何かが窄《すぼ》まって吐きそうな感じがあって、でも同時に得体の知れない虹色《にじいろ》の液体がどっばどば放出されてる感じもある。そんな何とも言えないお腹の感じをたっぷりと味わいながら、私はやっぱり確信する。

このきゅーって感じ、この世界にある、ありとあらゆる感情の中で、間違いなく一番、最っっっ高に、

気持ちいい。

まぶしさと悪意

OMAE AO

大前粟生

大前粟生　Ao Omae

1992（平成４）年、兵庫県生れ。2016年、「彼女をバスタブにいれて燃やす」がGRANTA JAPAN with 早稲田文学公募プロジェクト最優秀作に選出され小説家デビュー。ほかの著書に『ぬいぐるみとしゃべる人はやさしい』『チワワ・シンドローム』などがある。

信じられないだろうが、ショート動画を撮りたくてうちに入学してくる子はいる。みんな、赤羽海荷《あかばねうみか》のようになりたい。

校内のあちこちで生徒たちが動画を撮影する様子が見受けられ出したのは、二年ほど前からだ。

当時私は二五歳で、私立布川名和手《ぬのかわなわて》高校の教師の中ではいちばんの若手だった。先生たちからはなにかにつけ若者扱いというか、「鮎田《あゆた》先生は生徒たちと歳《とし》が近いから……」云々《うんぬん》なんて、あてにするのと馬鹿《ばか》にするのと半々といった口調で言われてきた。「若いから」という理由で、学校ホームページやFacebookの運営など、インターネット関連のことについては放り投げられるように任されていたが、正直TipShot《チップショット》のことはそこまでよくわからなかった。動画を撮って投稿することへのモチベーションに、ピンとこなかったのだ。

とはいえもちろん、動画配信アプリTipShotのことは知っていた。一五秒間だけの短い動画を投稿したり見たりすることができるサービスだ。今から六年前にサービスがはじまって以来、十代を中心に人気を博していた。

私は、詳しくないなりにも、中高生たちの間で今どんなものが流行《はや》っているのかと時たまTipShotをチェックした。わが校の生徒である赤羽海荷の姿をTipShot上でやたらと見かけるようになったのは、やはり二年前からだった。

当時私は一年五組の副担任で、赤羽海荷はクラスの生徒だった。彼女は特にやんちゃというわけでもない、言ってしまえば目に留まりにくい生徒だった。成績も平均。私が教える国語の授業では、たいていの生徒が間違えるだろうな、という漢字の読みや綴《つづ》りを間違える。少し低めの雰囲気が出る良い声をしていたから、教科書掲載の小説を赤羽海荷が音読する番になると、私はほんの少し気分が上ずった。私は女子バスケ部の副顧問で、赤羽海荷は卓球部に所属していた。うちの部活動は部によって熱量がまちまちだが、卓球部はその中でもゆるくほどほどに活動をしている方で、赤羽海荷は顔を出したり出さなかったりだった。女バスの顧問の先生が出張の時は私が部活動を見るのだが、体育館でたまに見かける赤羽海荷はいつも壁によりかかってiPhoneを弄《いじ》っていた。私が手を振ったり、声をかけたりしてみると、控えめな反応を返してくれる。私は赤羽海荷にほんのりとした好感を抱いていたが、あくまでそれは、他の多くの問題児というわけではない生徒に抱くのと似た好感だった。だから、赤羽海荷がインターネット上で人気になっているのを知って意外だった。

TipShot では、基本的にみんな顔出しで動画を投稿している。ハンドルネームなどはもちろんあるが、匿名性《とくめいせい》が高いわけではなく、制服を着たまま撮影する子たちもたくさんいるから、どちらかと言うと現実と地続きにある。それでも、やはり現実と同じというわけではない。ＳＮＳであるというフィルターがかかっているし、「ハート」や拡散機能、再生回数という評価軸があった。アテンションをどれだけ稼げるかということがユーザーたちのモチベーションに大きく影響していて、そこに賛否はあるだろうが、現実そのものとは異なる活躍の場に生徒たちが気軽にアクセスできるのは良いことだ。そう私は思っていた。

　赤羽海荷が高校一年の夏に投稿した動画は、一週間で一〇〇万再生を突破した。彼女が三年時の今現在、三六〇〇万再生を記録している。

　その動画は、九〇年代後半に流行したラブソングをＢＧＭにして、赤羽海荷が手振りだけのダンスを無表情で踊っている。冒頭に表示された「実はこれ……」というテロップを機械音声が読み上げる。中盤、七、八秒のところで「ウィッグ」とまたテロップと機械音声で表され、やはり無表情のままダンスを続ける赤羽海荷の後ろで彼女の友人が、赤羽の艶《つや》のあるロングの黒髪を頭頂部から持ち上げる。するとその下から、ほとんど坊《ぼう》主《ず》同然のベリーショートの髪型が現れる。が、実はそれもウィッグなのだ。終盤で友人が赤羽海荷の坊主頭のてっぺんを持ち上げ、最初の黒髪ロングそっくりの地毛が露《あら》わになって動画は終わる。

「実は……」と題されたその動画は、公開されるや否《いな》や、女子中高生を中心に瞬《またた》く間《ま》に人気となった。そっくりそのまま真似《まね》をした動画が TipShot 上に数多く投稿された。オリジナルのものよりも多くウィッグを重ねたり、ウィッグのふりをして地毛をベリーショートにしたりする女の子たちが全国に相次いで現れた。赤羽海荷は、彼女の TipShot のアカウント名である「うみみいぬ」にちなんで、ユーザーやファンたちから「うみ様」と呼ばれるようになった。ベリーショートの髪型は「うみ様ヘア」として流行したし、インターネットから輸入されてくるかたちで、現実の赤羽海荷もわが校や他校の生徒たちから「うみ様」扱いされるようになった。

「うみ様」はヒット動画を連発した。ウィッグ動画のようなウケと驚きを狙《ねら》ったものだけでなく、シンプルなダンス動画もたくさん投稿した。踊りのキレが格別に良いとか、難易度の高い振り付けをこなしているというわけではなかった。振り付けは定番のものにちょっとしたオリジナルの動きを加えるくらいだった。そのオリジナリティの加え方に、赤羽海荷のカリスマたる所以《ゆえん》があったようだ。

　コップを口に運ぶようなジェスチャーをし、そのあと酩酊《めいてい》したかのように目をぐるんと回す振り付けは「のんだくれダンス」として人気になったし、踊りの終盤で思い切り腕を振り下ろす「iPhoneぶっ壊しダンス」は大物YouTuberたちがこぞって真似をし、「スマート端末ぶっ壊しダンス」と改題されてティーン向け雑誌で取り上げられるほどだった。

「うみ様」のブレイクから派生して、彼女の友人たちのTipShot動画もランキング上位に食い込むようになった。そこからさらに派生し、彼女と交流などなくとも、「うみ様」と同じ学校、同じ制服だというだけで、一定の再生数が見込まれるようになった。たちまちのうちにわが校は、「TipShot強豪校」と呼ばれるようになった。

TipShot強豪校とはその名の通り、有名TipShotユーザーを多く輩出している学校のことだ。検索でわかった限りだと、どうやら全国に数校あるようだった。中にはTipShot部なる部活が存在するところさえあった。

そんなTipShot界隈《かいわい》の盛り上がりは、はじめは生徒たちだけの文化だった。私は、おもしろいことが起きているのだなあ、と興味を惹《ひ》かれたものの、なにも知らないふりをして赤羽海荷の活躍を見守っていた。校内で「うみ様ヘア」やTipShotの撮影は見受けられたが、まだ学校側が過度に取り沙汰《ざた》すほどのものではなかった。私としては、取り沙汰さないであげてほしい、と願っていたほどだ。子どもの頃に夢中になるものってうまく相対化できない。だからこそそのかけがえのなさみたいなものって絶対あるだろう。そこに「大人」や「教師」という外野が変に介入しない方がいい。私は教師として、若さゆえかもしれない彼女たちのまぶしさをそっとしておきたかった。

　けれど、赤羽海荷が一年の秋には、「うみ様」のことも、わが校がTipShot強豪校であることも、教師たちみんなが知ることとなった。

　テレビ局から、昼のワイドショーで「うみ様」を取り上げたいと学校へ取材依頼がきたからだった。正確には、「うみみいぬ」アカウントにダイレクトメッセージで取材依頼がきて、赤羽海荷がそれを親に相談し、親が学校に相談したらしかった。学校側は、本人の判断に任せるが、必要なら校内の撮影などは許可すると無難に返事をした。赤羽海荷はというと、結局、「『うみ様』はTipShotが好きだから、TipShot以外で姿を見せるのは違う気がする」という理由で断った。そのことを彼女の友人のひとりがTipShotで共有したことで「うみ様」の人気はさらに高まった。

　赤羽海荷が一年の冬、校内でのTipShot用ショート動画の撮影は生徒たちの間で本格的にブームになった。休み時間だけでなく、教科書などに隠して授業中もこっそり撮影をする生徒さえ現れた。特徴のある口癖を持つ教師は、動画ウケが良いという理由でよくターゲットにされた。ダンス動画や「学校あるある」動画などが頻繁に撮影された。あまりにそこかしこで撮影が行われていた。映り込まないようにいちいち立ち止まると、廊下を端から端まで渡るだけで何分もかかるほどだった。

　素行の乱れが不安視されたが、それ以上に教師たちは、意外なところで学校の知名度が上がっていたことを知りにわかに色気付いた。特に荻窪《おぎくぼ》先生の盛り上がりは相当なものだった。定年を過ぎ、再雇用の道を選んでまで教員をしている荻窪先生には元校長というキャリアがあり、学校の運営に関してかなりの影響力を有している。荻窪先生はいつも、インターネットは難しくてよくわからない、と口癖のように言うのだった。そこからシームレスに教育論を熱く語るものだから、「インターネットに疎《うと》いことはもはやコンプレックスを通り越して本人の中では美点のようになっているのではないだろうか」と私は先生方と噂《うわさ》したことがある。そんな荻窪先生は、SNSやTipShotのことを最先端技術かなにかと勘違いしているらしかった。かくして荻窪先生の発案により、急遽《きゅうきょ》、翌年度分からの学校案内パンフレットに、「きみもカリスマチップシューターに!?」という見出しのページが差し込まれることとなった。

実際、翌年度の入学希望者は爆発的に増え、翌々年度も上昇を辿《たど》った。学校の経営がこれで少しはマシになるぞ、と理事長や荻窪先生たちは大いによろこんだ。それもこれも、赤羽海荷の、「うみ様」のおかげだった。

「TipShotが撮りたくて入学する、というと珍奇に聞こえるかもしれないが、要は制服にあこがれるとか、そういうのと根っこは変わらないのではないだろうか。

今では三年生である赤羽海荷は、下級生たちの間で神聖視されていた。昼休みともなると、三年三組の教室の前には「うみ様」と動画を撮りたい下級生たちが列を成した。

「うみ様」ファンや「うみ様」の同志を自称する生徒たちは、自分たちの存在が学友の邪魔になることを厭《いと》い、予約用のアプリを作った。なにより、「うみ様」に迷惑をかけたくなかったようだ。

Ummys《ウミーズ》というそのアプリには、予約機能に加え、各々《おのおの》が「うみ様」への思いを書き込むためのチャットルームが実装されていた。彼女ら彼らは、そのチャットルームに、TipShotのことだけでなく、学校や日常生活全般について相談を書き込んだ。ユーザーの総称もまたUmmysだった。

すごいことだ、と私は思った。芸能人でもないひとりの高校生がそこまでアイドル視されていることもだし、生徒たちの手でアプリを作れてしまうということもだ。最近の子どもたちは、私が子どもの頃と比べていろいろな能力が高いように思える。教師として、鼻が高いというか、わくわくするような気分だった。一、二年生を中心に教えている私は三年生の授業を受け持つことはなく、今では赤羽海荷と日常的に接する機会があるわけでもないけれど、彼女のことを応援したいと思った。高校生にして何百万人ものフォロワーを持つのは、カリスマ扱いされるのは、どんな気分だろう。彼女はどのような道を選ぶのだろうか。

ところがだ。赤羽海荷は、「うみ様」は、ここ何か月も新しい動画をアップロードしていなかった。

九月の下旬、私は、学校職員用のメールアドレスに一件のメールを受け取った。そこには、「うみ様を助けてあげてください」と記されてあった。

> 何か月も投稿がないなんて、なにか気に病むことがあるに違いありません。それがもしTipShotや私たちUmmys関連のものであるならば、うみ様の信者や同志が動くのはかえって逆効果かもしれません。そこで、生徒みんなから慕われている鮎田先生にお願いがあるんです。うみ様がどうして新しい動画を撮影しないのか、調べてくれませんか？　それでもしできるのなら、うみ様を元気づけてあげてくれませんか？
>
> Ummys有志一同より

この日も休み時間になると、廊下は生徒たちによる撮影でごった返した。もうブームを通り越してそれが当たり前になっていた。昼休み、私は撮影に映り込まないようそろりそろりと三年三組に向かった。

私は、メールをもらった翌日から早速調査を開始した。TipShotでの「うみ様」の活躍を知っている人間として心配に思った。それ以上に、メールに記された「生徒みんなから慕われている鮎田先生」という言葉がうれしくて仕方がなかった。そうじゃないかな、と自分でも薄々思っていたのだ。でも、わざわざ文章で言ってもらえて、舞い上がるような気持ちになった。

にやけながら三組のドアを開けた。

ざっと教室を見回したが赤羽海荷はいなかったので、近くにいた門野《かどの》蘭《らら》という生徒に聞いてみた。

「赤羽さんがどこにいるか知らない？」

「小恵子《さえこ》ちゃん先生じゃん。うみ様？　あー。それが最近さあ、昼休みになるとうみ様『お花摘みにいってくるね』なんてわざとらしく言って戻ってこないんだ」

「赤羽さん、最近変わった様子とかなかった？」

その質問には、黒板に幾何学模様のようなものを描いていた斎藤《さいとう》真夏《まなつ》がこたえた。

「うみ様、夏休み前からずっと元気ないっていうかさ。なにかあったんじゃないかな。ウチらも、どこまで聞いていいかわかんなくて。あの子意外とクールっていうか、心閉ざしちゃうようなところあるから。自然に話してくれるまで待とうってウチらは考えてんだけど」

ひょっとしたらこの子がメールをくれた「Ummys有志一同」のひとりだろうか、と私は考えた。けれど、そこを詮索《せんさく》してもなあ、という気がしたのでそのことについては触れなかった。

「そうかあ。斎藤さんが描いてるのなに？」

「これ？　今は変な模様にしか見えないけど、手順を続けていくと人の顔になる。あとで編集で早送りにして動画にする」

へえーすごい、と私はシンプルに感動した。斎藤真夏はうちの高校でもTipShot再生数がかなり上位で、いつも工夫した動画を投稿していて教員たちからの心証も良かった。

「小恵子ちゃん先生。うみ様のことよろしくね」

あまりに深刻そうに言われたものだから、私は粛々と頷《うなず》いた。

昼休みの時間ほとんどを使って赤羽海荷を探したが、どこを探しても見つからなかった。今日はもう諦《あきら》めようと菓子パンだけの昼食をさっとたべ、職員室前トイレの手洗い場で歯を磨いていた時だった。個室からiPhoneを片手に赤羽海荷が出てきた。私は歯磨き粉だらけの口のまま赤羽海荷を呼び止めた。

「赤羽さん、調子はどう？」

「はい？　見ての通り、ピンピンしてますけど」

「そうじゃなくて、その、精神面とか。なにか辛《つら》いことあったりしてない？」

「先生、口ゆすいだらどうです？」

確かにそうだ。手洗い場の蛇口を捻《ひね》り、手のひらで掬《すく》った水を口に含ませてゆすごうとしていると、「それじゃあ」と言って赤羽海荷が出ていこうとするのが鏡越しに見えた。

「ちょ、ちょっと待って」

「なんすか。授業あるんですけど」

「あの、これだけ聞かせて。赤羽さんさあ、最近TipShotの動画撮ってないよね。なんでなのかな？」

はあ、と赤羽海荷は大きなため息を吐《つ》いた。

「教師までそれ気にすんのかよ。うっぜえ」

面と向かってうざいと言われることなんて久しくなかった。ひとりトイレに取り残され、首と後頭部の境い目あたりに重たい感覚がやってきて私は、自分が傷ついているのだとわかった。赤羽海荷がなにかしたというわけではなく、うざいと言われる理由を自分が持っていて、それを赤羽海荷が明らかにしたことへの傷つき、とでも言うような込み入り方をしたものだった。

「確かにそうだよなあ」と私は独りごちた。

理由はどうであれ、TipShotや「うみ様」という、生徒たちが中心の文化に教師が介入しようとしているのだ。自分があまり良いことをしているとも思えなかった。けれど……とも思う。そうやってそっとしておこうという態度は、赤羽海荷の事情を無視することにはならないか？　その事情がなにかはわからないけれども。一体、どうするのが正解なのかわからなかった。

次の日も赤羽海荷を探した。

大人として、もうちょっと話をしないといけないと思ったからだ。彼女が動画を撮らないことにわけがあるなら、その重荷を軽くしてあげたかった。「うざい大人」だからこそできることをしておきたかった。

赤羽海荷は、今度は体育館裏の焼却炉そばのベンチにいた。撤去されていないだけでもう使われていない焼却炉だ。その近くには、損傷の激しい机や椅子《いす》がバリケードのように積み上げられていた。要は、いらないモノを捨てておく場所だった。

彼女は塗装の剝《は》がれて赤錆《あかさび》の露出したベンチに体育座りで腰掛け、iPhoneを高速で弄っていた。私はなにも言わずに隣に座り、コンビニで買った「チルド弁当　あんかけ五目焼きそば～焼売《シュウマイ》添え～」を広げた。赤羽海荷が舌打ちをし、私は聞こえなかったように黙々と焼きそばを啜《すす》った。

「たべる？」

「たべない」

「おいしいのに。携帯でなに見てるの」

「別に」

「こっち見て」

「は？」

「いいから」

赤羽海荷が怪《け》訝《げん》そうな顔をしてこちらを見ると、私は「うみ様」ブレイクのきっかけとなったあの動画のＢＧＭを口ずさみながら手振りをし、頭のてっぺんから髪を摘《つま》んで持ち上げた。

「うっそー。ウィッグもなにも被《かぶ》ってませーん」笑ってみて、自分でこう言ってみた。「うざいでしょ。キモいでしょ」

「うざいし、ガチでキモすぎ」

赤羽海荷は、呆《あき》れたように少し笑ってくれた。

「ファンの子たち、心配してるよ？」

「それ言いにきたわけ？　昨日も」

私はゆっくり頷いた。それから私は、餡《あん》がこぼれないようそろそろと慎重に容器を差し出した。すると、動きを真似でもするみたいに、赤羽海荷もそろそろとスローモーションで受け取ってくれた。彼女はしばらく焼きそばを見つめたあと、制服に跳ねないよう丁寧に口に運んだ。

「わざわざ先生が TipShot のこと聞きにくるなんてどういう風の吹き回し？　また動画投稿を再開して、入学希望者増やしてほしい？　影響力あるからね、私」

と、そこにひとりの男子生徒が現れた。

「そうですよ」

と彼は言った。

緑色のラインが入った上履きを履いているから、一年生だった。

「ここは上履きじゃダメなところだよ」

私は、話の腰を折ってしまっているよな、と思いながらも、教師としての言葉を出した。

「あ。あっ」

彼は私と赤羽海荷の顔を交互に見、その中間あたりを睨《にら》んだかと思うと走り去っていき、またすぐに、今度はスニーカーを履いて戻ってきた。

「俺、うみ様がいるからこの学校入ったのに。まだうみ様と動画撮ってないのに」

彼は何事もなかったかのように話を再開させた。名前は確か……染井口楓《そめいぐちかえで》。

「うーーん」

赤羽海荷は腕組みしていた。困っているようにも、なにか染井口楓のことをからかおうとでもしているようにも感じられた。

「ごめんね。私最近、気分じゃなくてさ」

「でも！　俺！　俺だけじゃなくて、みんなうみ様と！」

「私が動画撮るかどうかって、私が決めることだよね。放っておいてくれる？」

染井口楓はなにか言い返そうとしたが、口をつぐんでしゅんとし、「そんなこと、わかってるけど……」と弱々しく呟《つぶや》いた。「じゃあ俺は、なんのためにこの学校にいるんだよ……」

いやいや、と私は思った。動画じゃん、たかがＳＮＳじゃん、となんならちょっと呆れた。けれど、そのことを態度に出すわけにはいかなかった。それが彼にとって大切なことなら、大切だと思うしかない環境に彼ら彼女らがいるなら、それを外から笑うのはきついことだった。

でも、やっぱり、外からだから言えることってある。そのどこまでが生徒のためになって、どこからが暴力になるのか、バランスを見定めながら、でも、ちょうどいい言葉がわからなくて、私は無難な横槍《よこやり》を入れた。

「なにも TipShot が全《すべ》てじゃないでしょ？　他にも楽しいことあるでしょ？」

「そんなことわかってるけどさ、でも TipShot 楽しい時も多いし、みんなやってるから、俺はやらないなんて選択肢ないよ」

「他人は他人、自分は自分、だよ」

私は脱力した。教師なのに、こんな当たり障《さわ》りのないことしか言えない。いや、教師だからこそだ。学校職員として求められることと言えば、リスク管理ばかりだった。苦情がこないためにはどうしたらいいか。とにかく学校の評判を落とさないよう、制限つきでしかなにもできなかった。できるだけ多くの人にとって刺激の少ない、予定調和なことしか言えなかった。その予定調和の中に正解があることはままあったし、刺激的な言葉が必ずしも良いものとは限らないけれど、予定調和というだけで、ちゃんと言葉を聞いてくれなかったり、舐《な》められたりすることはある。

私の言葉、響いてないなあ。

染井口楓の半笑いの顔を見ていると、私も、自分の情けなさに笑いたくなった。

と、赤羽海荷が口を開いた。

「みんながTipShotやってるのは、私のせいだよね」

「私のせい、ってなに？　みんなうみ様にあこがれて、うみ様がいてよかったって思ってる」

「そう思ってるなら、『うみ様』じゃない私のことも尊重してほしいな。動画撮りたくないっていう私のことも」

赤羽海荷の言葉に、染井口楓は数秒の間黙った。

「ずるいよ」と彼は言った。

そしてとぼとぼと去っていった。

昼休みが終わるまではまだ時間があった。赤羽海荷は無言であんかけ焼きそばの残りを渡してきたから、私はぬるい麺《めん》を啜った。

「うみ様でいることに疲れちゃった？」

返事はなかった。

隣を見ると赤羽海荷は俯《うつむ》いていた。覗《のぞ》き込むようにして見てみると、彼女は、ものすごい形相をしていた。眉間《みけん》に深く皺《しわ》が刻まれ、ギリギリと音を立てながら歯を食いしばり、目元は極端に張り詰め、今にも誰かを睨み殺しそうだった。

私はギョッとし、唾《つば》を飲んだ。しばらくすると赤羽海荷はこちらを見、ふっと表情を緩めた。

「ダメだ私。ああいう子たちのことが、Ummysが、ファンの子が、『うみ様』のことを好きな子のことが、嫌いで仕方ない」

彼女は大きなため息を吐いた。

「実際ひとりひとりと面と向かい合ってる時は、そこまで嫌な感じにも思わないんだ。あこがれてくれていること、ありがたいなあって思ったりする。でもダメなんだ。すぐに憎くなる。勝手にあこがれたりするなよって思ってしまう。そのあこがれが、私をがんじがらめにしてることになんで気づかないんだよ。おまえらファンが理想の『うみ様』像を勝手に作り上げて、私のことを不自由にしてるんだよ！」

私は、深刻さを和らげるちょっとした間《ま》がいると思って、手に持っていたレジ袋からコアラのマーチを出して封を開け、コアラがウォータースライダーに扮《ふん》してぐねぐね曲がっている絵がついたチョコを差し出した。

「私の活動は私がはじめたのにね」赤羽海荷はぼりぼりとチョコをたべた。「ハートがつくこともコメントが拡散されることも、はじめはうれしくて仕方なかった。はじめて一〇〇万再生いったときは手を叩《たた》いてよろこんだ。よろこびしかなかったのに、どうしてそれが今、私を苦しめてるんだろう」

エコーがかかったようにチャイムが鳴った。五時間目は移動教室らしくて赤羽海荷は「急ぐね」と言った。それから、

「話聞いてくれてありがとう」と。

人から感謝されるのっていつぶりだろう、と私は咄嗟《とっさ》に思った。記憶を辿ってみたけれど、思い出せなかった。でも今日のことはちゃんと未来に思い出したかった。

私は、ただ話を聞いただけだ。

でもそれが彼女にとって必要なことだったのかもしれない。

私は彼女に気に入られたようだった。私と赤羽海荷は、昼休みになると焼却炉前の寂れたベンチでお昼をたべるようになった。

「先生はさあ、なんで先生になろうと思ったの」

どういう流れでだったか、ある時私は赤羽海荷にそう聞かれた。

「秘密だよ」私は、もったいぶって言ってみる。「私実は、赤羽さんくらいの歳の時ヤンキーだったんだ。ひとクラス締め上げるくらいの」

「ぜっっったい嘘《うそ》じゃん」

「荒れた私に、当時の担任の先生がしつこくしつこく話しかけてきてね。最初はそれこそ、ウザすぎるだろって思ってたんだよ。でもその先生がある時急に、『なあ俺、奥さんと離婚しそうなんだけど、どうしたらいいと思う？　俺、奥さんのことも娘のこともこんなに大好きなのに、それなのに、うう、奥さんはもう、限界なんだって』って私の前で泣き崩れたわけ。しょうがないから私、相談に乗ってあげて。それから先生と放課後に話し込むようになって。私は、日々の鬱憤《うつぷん》とか、大人はなんにもわかってない、なんて、今から思うとありきたりな、だけど切実な話を。先生は、モラルの話ばっかりしてたな。『おまえが何気なく放ったひと言が、どう相手を傷つけ得るのか、その傷がコミュニティ全体にどう影響していくのかおまえ、考えたことあるか？』なんて言われて、うるさいな、家庭ひとつマトモに顧みれないやつがなに言ってんだよ、って感じだったけど、教師になってから、川島《かわしま》先生の言葉をよく思い出すな」

「川島って、ウチで教えてる体育の川島？　ガチ？」

「他の子たちには秘密ね？　その時の話、先生たちの間では美談みたいになっちゃってるけど、生徒たちにどういう影響与えるかわかんないし」

それから私たちが話したことと言えば、学校生活のこと、恋、模試の判定ランクや大学受験のこと。最近読んだ漫画でなにが一番おもしろかったか。好きなYouTuber。推しのこと。

取り留めのない話をしながらも、私はなんとか、赤羽海荷が「うみ様」であることを、彼女自身がポジティブなものへと持っていけないかと、うるさいだろうなと思いつつも言ってみた。

「赤羽さんは愛されてるんだよ。みんな赤羽さんのことを心配してる。赤羽さんにこうなってほしい、赤羽さんにこうしてほしいって願ってる」

「だから、それがウザいんだって」

これ見てよ、と赤羽海荷が見せてきたiPhoneの画面にはアプリのUmmysが表示されていた。チャットルームが開かれていて、真っ先に目に入ったのは、

動画投稿しろよ！　誰がここまで世話してやったと思ってんだよ！

というコメントだった。

マジでさあ、どんな辛いことがあったか知らないけどさあ、ぜんぶ我慢しろや。

と続いていた。「うみ様」のファンが書き込んだものらしかった。

「愛ってさあ、簡単に憎しみに変わるよね」

赤羽海荷は蔑《さげす》むように言った。

「ひどい」私はそう口にした。「こんなの、ただの誹謗《ひぼう》中傷じゃん」

「うみ様」のファンが、彼女の動画投稿がストップしたことによって、アンチに変わった。私も赤羽海荷も、そういう単純な話だと思っていた。


誹謗中傷の書き込み主はハンドルネーム無記名の匿名だった。

アイコンはというと、画素の粗い、どうやら、ひとさし指のアップをうつした不気味なものだった。

チャットルームには、そのコメントを非難する書き込みが三割ほど。口が悪いのは良くないけれど気持ちはわかる、という旨《むね》のものと、擁護コメントがそれぞれ一割ほど見受けられた。他の多くのユーザーは過激なコメントの存在自体を無視して、いや、無視しようと懸命に努めるようにして、「うみ様」へのポジティブな気持ちを綴っていた。平和でいることがなんらかの抵抗になるのだと願うかのように。

私は教師として、あの書き込みを無視するわけにはいかなかった。赤羽海荷本人から見せられたのだからなおさらだ。もしこの書き込みをしたのがうちの生徒だとしたら。そう考えるとゾッとした。

私はもう、「うみ様」の活躍を見守ろうとは思わなかった。「うみ様」を取り巻くものから、赤羽海荷を遠ざけてあげたい。いつの間にか、そう思うようになっていた。

書き込み主の特定方法を知っているかもしれないと思い、Ummys の運営メンバーにあたってみることにした。赤羽海荷は運営メンバーが誰なのか知らないようだったので、その日の放課後、私はとりあえず、ひとりで吹奏楽部の斎藤真夏を訪ねようと思ったが、顧問の先生曰《いわ》く、彼女は早退したようだった。

そこで今度は、落語研究会に所属している染井口楓を訪ねてみることにした。赤羽海荷に面と向かって「ずるい」と言った染井口楓の様子を思い出すと、あの書き込みをしたのが彼女だとは考えにくかった。直接気持ちを伝えられる人が、わざわざ書き込みまでするだろうか。

「Ummys の運営メンバーに知り合いっていたりする？」

狭い部室に座《ざ》布《ぶ》団《とん》を敷いて先輩たちとお笑いのDVDを見ていた彼を呼び出し、尋ねてみた。

「いえ。いないですけど、なんすか？」

「じゃあ、こういうこと書きそうな人って知り合いにいたりする？」

「ああこれ……話題になってますよね。こういうことするやつ、なんなんすかね」

「うちの学校の生徒だったりするかな」

「だったら？」

「問題でしょ」

「そうじゃなくても問題でしょ？」

「それはそうなんだけど」

「先生のこと信用していい？」

「信用？　まあ、いいけど」

「俺のことも信用する？」

「え？　うん」

「じゃあ仲間集める」

染井口楓はそう言うとスマホを弄った。画面を見やすいようこちらに傾けてくれたので覗いてみると、「まだ学校いる？」とディスコードのグループに書き込んでいた。

すぐに何人かから返事がきたようだった。メッセージのやりとりをしたあと、染井口楓は落研の活動を抜けて中庭に向かった。ついていくと、そこにはすでに二名の生徒がいた。

木《き》元《もと》優子《ゆうこ》と轟《とどろき》ゆかり。ふたりとも一年生だった。

「俺はふたりのこと信用してるから、先生もふたりを信じてるってことで」

「それ、さっきからなに？」私は聞いた。「信じるとか、わざわざ聞いたり言ったりするの、流行ってるの？」

「は？　確約がないとなんにも話せないでしょ」

「確約って……」

「言っとくけど、録音してるからね。先生との会話ぜんぶ」

　今度はこっちが「は？」という番だった。

「当たり前でしょ。別に先生の前だけじゃないよ？　なにをどう切り取られてネットに晒《さら》されるかわかんないんだから、備えておかないと」

「それって、当たり前のことかなあ」

　私はあえて染井口楓ではなく、そばにいた木元優子と轟ゆかりに尋ねるように言ってみた。彼女たちは困ったように首を捻ったが、どちらかというと肯定したように私には見えた。

「染井口くん、そういうリスクを前提としたような生き方さあ、随分生きづらそうに思えるけど」

　どの口が言ってるんだと自分に思いながら、けれど、ただの高校生がそんなことを気にするなんて寂しいことに感じられて、染井口楓に言葉を向けた。

「じゃあ聞くけど、生きやすいってなに？　先生は生きやすい？」

生きやすい？

そんなこと、生きてきて考えたこともなかったな。

私はけれど、はっきりそう伝えるのも、嘘をつくのも違うと思って、ただ首を振った。

「でしょ？　先生でそうなんだから、それより下の世代の俺らが生きやすさを知ってるわけない」

「でも、そこに開き直っててもどうしようもないよ」

染井口楓は笑った。そうだよね、と。虚《むな》しそうに見えた。

「ごめんね先生。今はうみ様のことだったよね」

「あの、ウチらみんなUmmysなんですけど」木元優子が言った。「でもあの書き込みはしてないし、誰がしたのかも知りません」

「そう」

轟ゆかりが目をきょろきょろさせていた。

私は「轟さんなにか気になる？」と話を振ってみた。

「それなんですけど……あれ書いた人のアイコン、見覚えあるかもです」

「どういうこと？」

「あの、DeepDots《ディープドッツ》ってあるじゃないですか」

「あるね。あんまり良い噂聞かないけど。轟さんはDeepDotsやってるの？」

轟ゆかりは小さく頷き、話をはじめた。

DeepDotsはよくＤ．Ｄと略される。Ｄ．Ｄの特徴としてよく挙げられるのは、元々は既存のＳＮＳに違和感のある人たちの集まりだということだ。サービス自体が、「繋《つな》がりすぎないＳＮＳ」というコンセプトではじまったのだ。Ｄ．Ｄには「いいね」も拡散機能もないのだけれど、そんな状況でも、書き込みが人気になる事例は多々あった。他のＳＮＳやYouTubeに転載されたり、ネットニュースに取り上げられることが。それをＤ．Ｄ内の用語で「漏れ出す」と言う。轟ゆかり曰く、自分の発言やアイデアが漏れ出していないかどうか、Deeperたちは気にするものらしい。とどのつまりはＤ．Ｄ自体が他のＳＮＳへのアンチとして作られたものだから、そこから避難してきた人たちも、ここは平穏でいいな、なんてふりをしつつ、書き込むことと言えば、他のＳＮＳやその利用者への嫌味だったり冷笑で、けれどそれは自分たちが平和主義だという意識の下に発せられたものだった。この頃では、アンチの体を保ちながらも、ツイッターやFacebookなど他のＳＮＳでバズりそうなことばかりを書き込むDeeperが相次いでいるようだった。

「結局は誰だって、話題になったらうれしいと思うんです。それでよく『漏れ出した！

クソが！』って過剰にD．Dで騒いでる人のアイコンが、Ummysのあの書き込みした人のアイコンと同じだなって」

轟ゆかりにそのDeeperのアイコンを見せてもらった。彼女たちと同年代、十代後半そこらと思《おぼ》しき男の子が、頬に手を当て、神妙な顔を作っていた。

「同じ？　Ummysの方は指だけだったけど」

「だからその指、D．Dの方のアイコンにうつってる指を拡大してみてください」

「あ……」

その細長いひとさし指を拡大して見てみると、確かに、小さなシミのようなものが、Ummysのアイコンと同じ箇所にあった。

気味が悪かった。

試みに私は、その人の顔で画像検索をかけてみた。すると、すぐにヒットした。

どうやら彼は、フリー素材モデルの男の子のようだった。

高橋《たかはし》一真《かずま》という名前の男の子で、ネットには彼が「高校生フリー素材モデル」として話題になっている記事がいくつかあった。それらの記事が書かれたのは去年のことで、彼は今も高校生のようだった。

「フリー素材モデルってことは、書き込んだ本人とは別人だろうね」

誰かが彼の顔を自らのアイコンに使っているのだ。もっとも、フリー素材モデルはその名の通り、本人の意向により肖像権がフリーで、誰でも好きに使用することができるモデルだ。だから他人がどう使っても違法というわけではないのだが、誹謗中傷めいた書き込みをするアカウントに実在する人間の顔を使うなんて、悪趣味だと思った。

「あれ、この人……」

木元優子はツイッターのアプリを開くと、みんなに見えるように画面をスクロールした。

「やっぱり」

と木元優子が示したのは、生活保護の受給者や高齢者に対して罵詈《ばり》雑言《ぞうごん》を繰り返すアカウントだった。そのアカウントのアイコンにも、フリー素材モデルの高橋一真くんが使用されていた。彼が呑気《のんき》そうな顔でもしゃもしゃとバナナをたべている画像だった。

「やば」と轟ゆかり。「てか優子なんでこんな人フォローしてんの」

「あの、私、みんなには言ってなかったけど、小説書いてて」

「小説？」

「それで、嫌なキャラクターの参考になるかなって」

木元優子は照れたようにそう話した。

と、「見てみろよ」染井口楓が険のある声で言い、私たちにスマホを見せた。

今度は、英語で書かれたネット記事だった。

私は、若い子と接しているな、という感覚に包まれる。

この子たちはいくつものアプリやサイトの情報を並行して処理できていて、すごいな、と、私も同じようなことはできるというのに、妙に年寄りじみてしまう。

染井口楓は本文を素早くコピー&ペーストし、Google翻訳にかけてくれた。

『無数の誹謗中傷は男子高校生の仕業!?』というタイトルの記事だった。その記事によると、とある日本の高校生の画像が、ヘイトスピーチや誹謗中傷を繰り返すアカウントのアイコンとして使用される傾向があるという。これは一昨年頃から見られるようになった現象で、ツイッター上で活動をしている、女性差別集団を自称する英語圏の複数のユーザーが用いはじめたのがそのきっかけではないかとされていた。記事によると、男子高校生、つまり高橋一真くんはヘイトスピーカーたちの間でインターネットミームのようになっているらしかった。

「エグすぎる」染井口楓がつぶやいた。

高橋一真くんはフリー素材モデルとして活動しているだけなのに、差別や誹謗中傷のそばに勝手にいさせられているということだった。

私は、いたたまれない気持ちになりながら赤羽海荷にラインをした。

Ummysの書き込みをしたひととさし指アイコンと、轟さんがD.Dで見たアイコンが同じ画像からきたものだということを伝えた。そのふたりは別人かもしれないけれど、と断った上で、なにか思い当たることはないかと、一応Ｄ．Ｄのプロフィールページを共有しておいた。

高橋一真くんとヘイトスピーカーたちのことは、事態をややこしくしそうだから伏せておいた。

それが、良かったのか、悪かったのか。

赤羽海荷からの返信はすぐにきた。

その内容に私は混乱した。

「このアイコン画像にうつってるの、私の彼氏だ」

私は礼を言って染井口楓たちと別れると、赤羽海荷に電話をかけた。

「この人彼氏ってほんと？」

「そうだけど。なんで私が嘘つくの？」

「そうか。そうかあ。ねえ、赤羽さんも彼氏の子も、大丈夫？」

「大丈夫って、なにが。先生、なんの話してるの？」

「知らないの？」

「だからなにが」

そうか、と私はホッとした。さっき画像検索をした時は、彼が誹謗中傷に利用されている記事は、少なくともトップページにはヒットしなかった。ということは、あの記事に書かれていたことはまだ日本語圏のネット文化には広まっていないのかもしれない。けれど、浸透するのは時間の問題だと思えた。実際、D.DやUmmysやツイッターには、彼をアイコンにして誹謗中傷をしている人がいたのだ。水面下ではもう知られているのだろう。

このことを、高橋一真くん本人は知っているのだろうか。

「赤羽さん今どこ？　話があるんだけど」

「『あかつき』っていう喫茶店にいる。奢《おご》ってくれるならきていいよ」

「わかった。ありがとう」

「あかつき」は純喫茶だった。店内入って左手すぐの二人掛け席に赤羽海荷はいた。赤いコーデュロイのソファにはぽつぽつと穴が開き、小花柄のクロスが敷かれたテーブルを保護する透明のシリコンマットはなんだかべとべとしていた。レトロな雰囲気だったが、寂れ具合の方が優《まさ》っていた。照明はいやに薄暗く、あまり高校生が寄りつくところではないように思えた。

「こういうところ、よくくるの？」

「まあ」と赤羽海荷はこたえた。「まさかあのひとさし指のキモいアイコン、彼氏の指だったなんてね。どんな偶然だよ」と笑った。

それから赤羽海荷は、テーブルの上にじっと佇《たたず》む小バエを見つめながら、高橋一真くんのことを話してくれた。

高橋一真くんは、同じ市にある高校の生徒だった。けれど、学校にはいっていないみたいだ。

赤羽海荷が、自身がインフルエンサーであることに嫌気を覚えはじめたのは二年生の終わり頃だった。放課後もTipShotを撮ろうと迫ってくる友人たちから逃れるために、彼女ら彼らの行動範囲の外にいこうとして訪れたのが「あかつき」だった。

高橋一真くんは「あかつき」の常連客だった。決まっていつも、大きな観葉植物の脇《わき》、人目につきにくいソファ席にひとり腰掛けて本を読んでいた。それは分厚い小説である時もあれば、参考書や教科書であることもあった。

いつも彼はその席にいた。赤羽海荷が店に着く夕方には決まってグラスが空になっていた。彼は私服姿で、冬は黒くててかてかしたダウンジャケットを、春は灰色のパーカーばかり着ていた。店内はさして寒くないのに必ずジッパーを一番上まであげていた。なんとなく気になって赤羽海荷が土日にも「あかつき」を訪れてみると、やはり彼はその席にいるのだった。どうやら彼は昼頃から店にいるらしかった。赤羽海荷はiPhoneを触るふりをしながら彼のことをちらちらと観察してみた。六、七十代の女性店員さんが彼に二言三言話しかけることがあったが、彼はただ小さく会釈《えしやく》を返すだけだった。どうにもおせっかいな店員さんだった。三年の始業式のあと赤羽海荷が「あかつき」にいくと、注文のクリームソーダを持ってきた際に店員さんがこう言ってきた。「平日なのにこんな昼間からくるなんて。あんたも学校いってなかったんだねえ」「え。今日午前中だけの授業なんで。始業式だったんで」と赤羽海荷が返すと、数秒の間のあと、「あ！　そう！」と言って店員さんはケラケラ笑った。彼がこちらを見ていた。赤羽海荷と目が合うと、咄嗟に顔を背けたあと、窺《うかが》うようにまたこちらを見た。赤羽海荷が会釈すると、彼も会釈を返した。

あの人学校いってないんだな、と赤羽海荷は思った。そのことは彼女にとってはプラスの要素だった。

「不謹慎かもしれないけどさ、不登校の人だったらちょうど良いって、TipShot とかあんまり興味ないかもって思ったんだ。私のこと、知らないかもしれない、って」

赤羽海荷は、自分を「うみ様」として扱わない人を求めていた。そして彼に話しかけてみたそうだ。

「要は寂しかったんだ。そんな時に、顔もそんなに悪くないやつが近くにいた。『なに読んでるの』って話しかけてみた。数学の参考書だってわかってた。だって表紙に書いてあったし。でもわざとらしく話しかけて勉強を教えてもらった。高橋くんは、学校にはいってないけど、大学受験のためにずっと勉強はしてて、フリー素材モデルもやってるって言ってた。『勉強してる学生』とか『河原でたそがれる十代』とか『炎上してぶちギレる配信者』『謝罪動画の準備をする配信者』とか、いろんなシチュエーションのいろんなポーズを思いつく限り作ってるって。背景の多くは合成して、衣装着て、いろんなシチュエーションなりのステレオタイプみたいな顔してさ。フリー素材モデルとして、人気だったり広がりだったりをちゃんと引き受けようとしてて、すごいって思った」

　赤羽海荷はため息を吐きながら、剥がれかけのネイルの端を何度か爪《つめ》で掻《か》いた。

「私は、繋がることに辟易《へきえき》してた。でも高橋くんは、繋がることに希望を感じてた。私は高橋くんのことがうらやましかった。私はもう、繋がりを良いことだとは思えないから。だから、私から彼にアプローチした。私が失ったものをこの人は持ってる、って。持ち続けてほしいって。彼がインターネットで有名になっていくのを私は隣で見ていたいって。応援したかった。高橋くんが有名になるためだったらなんだってできると思った」

　赤羽海荷は、早口で熱っぽく私に語ってくれた。それから、

「一応、彼氏に伝えとこうかな。高橋くんの画像がこういう書き込みに使われてたよ、って。ネットの人たちって、なんでも真似しはじめるじゃんか。今後も誹謗中傷する時

のアイコンに使われないとも限らないから、一応」

誹謗中傷とアイコンの件を赤羽海荷が高橋一真くんに送信すると、返事はすぐにきたようだった。

赤羽海荷は笑顔を見せたかと思うと、怪訝な表情をした。

iPhone の画面を凝視したあと、

「これどういう意味だと思う？」と私に画面を見せてきた。

そこにはこう書かれていた。

「それ、僕だけど」

私もよく理解できなかった。

急にお腹《なか》が空《す》き、なにかたべようかなとメニューを開いた。「奢るけど」と言うと赤羽海荷は「やったー」と両手を挙げた。どうもこの店はオムライスがおいしいらしかった。二人分を注文して料理がくるのを待っていると、赤羽海荷に電話がかかってきた。

「もしもし？　うん。『あかつき』。え？　ほんとー。いいけど、今人といるけど。あーはい。オッケー。じゃあねー」電話を切ると彼女はこう言った。「今から彼氏くるんですけどいいですよね？」

数分も経《た》たないうちに、チャリンチャリンと音がして窓の外を見ると、ママチャリにまたがった男の子が、チャリンチャリンチャリンチャリンチャリン、ベルを高速で鳴らし続けていた。

　高橋一真くんは、ネットで見たそのままの顔をしていた。彼は中々自転車から降りず、ベルを鳴らしながらこちらを向いてスマホを操作していた。と、赤羽海荷のiPhoneが震え、彼女はそれから彼の写真を何枚も撮った。「『自転車のベル鳴らし続ける高校生男子』だって」

　彼が店に入ってくると、

「先生が奢ってくれるって。なんでも頼んでもいいよ」

「ガチですか。やったー」

　まったく、という感じの表情をふたりに見せながらも私は、高橋一真くんの「やったー」と赤羽海荷の「やったー」の言い方が似ていたから、恋人同士だなあ、と微笑《ほほえ》ましい気持ちになった。

　高橋一真くんは「じゃあせっかくだし僕も」とオムライスを頼んだ。私は赤羽海荷と共に一足早くオムライスをたべていたが、三つ揃《そろ》ったところや三人ともがオムライスをたべている光景を赤羽海荷が写真に撮りたかったりするかもしれない、と謎《なぞ》に空気を読んでたべるペースを遅らせた。

「ここのオムライスのもちゃもちゃした感じ、昔ながらって感じがして好きなんだよね」と赤羽海荷。「そういえばカズくん、さっきのメッセージなに？」

「メッセージ？」

「『僕だけど』って」

「ああそれ、あの書き込みしたのが僕だけど、って意味」

——動画投稿しろよ！　誰がここまで世話してやったと思ってんだよ！

——マジでさあ、どんな辛いことがあったか知らないけどさあ、ぜんぶ我慢しろや。

「ほんとだこのオムライスもちゃもちゃしてていい感じだね。昔ながらって僕はよく知らないけど、確かにそんな感じする」

彼ひとりが笑顔だった。うまく理解が追いつかず私は固まっていた。彼の隣に座っていた赤羽海荷も凍った表情をしていたが、ひとりでに動くように、すーーっ、と体が彼から離れようとしていた。

「怒っちゃった？　ごめんごめん。でも僕、早く有名になりたいからさ」

「どういうことですか？」

私は、意識して敬語を使い、彼の指のあたりを見つめながら、声に力を入れた。

「だから、僕は有名になりたいんですよ。そのためにはインターネットで広まるのが手っ取り早いかなって。どうすればいいか考えたんですけど、インターネットミームになったらいいかなって。だから最近は、いろんなポーズの僕をアイコンにして、いろんな人を攻撃する書き込みをしてるんですよね。正しいものだったり意義のあるものより、悪意の方が広まりやすいでしょ？　最初は英語圏のインターネットで実践してみて、その甲斐《かい》あって一部界隈では文字通りアイコンとして扱われるようになってきたんですけど、まだまだですね」

「事態が飲み込めないのですが」私は、舐められてはいけないと腹に力を入れ、なにが起きても咄嗟に動いて赤羽海荷を守れるよう、椅子に浅く座り直した。「Ummys の書き込みは、第三者が高橋くんの画像を使っているわけではなく、高橋くん本人が書いたってことですか」

「だからそう言ってるじゃないですか。でもよくわかりましたね。あんな指の画像だけで僕だって。いやあ、うれしいなあ」

「はあああ!?」赤羽海荷の声が店内に響き渡った。「よろこんでんじゃねえよ。なんでおまえ、恋人のこと誹謗中傷してんだよ」

「え。違うじゃん。僕が書き込みの対象にしたのは赤羽さんじゃなくて、あくまでも『うみ様』だよ。コンテンツとしての『うみ様』を批判してるだけで、きみになにか言ってるわけじゃない。わかってよ、そんなこと。僕は、インターネットで有名になる存在として、ファンの気持ちを代弁したに過ぎないよ。実際、あの書き込みを見てすっきりした人はたくさんいると思うよ？　賛同してる人だけじゃなくて、批判してる人の中にも、無関心な人の中にも、たくさん。誰の中にも悪意はあるんだ。それを閉じ込めておく方が問題だと思わない？　僕はさあ、そういう、たくさんの人の、人に言えない気持ちを代わりに言ってあげてるだけなんだ」

　殴りたい、と思った時には体が動いていた。私の力は弱かった。拳《こぶし》は握っていたが、ほとんど肩を強めに押しただけのようになった。高橋一真も「痛いじゃないですか。なにするんすか」と驚きながらヘラッと笑っていて、「殴られた」という言葉では捉《とら》えていないようだった。高橋一真は被害届を出さなかったから、警察沙汰にはならなかった。けれどもあの時、私は誰かに動画を撮られていた。遠くの席からズームして撮影された画角から判断するに、高橋一真によるものではなかった。幸いにも私たち三人の顔は映っていないものの、私が彼を「殴る」場面はバッチリ切り抜かれていた。その光景がＳＮＳ上にアップロードされるや否や、関係のない人たちからのクレーム電話が何件も鳴り響いた。動画には赤羽海荷のかばんが映っていて、そこに施された校章から特定されたのだろう。投稿主は、私が教師であるということを知っているようだった。だからわざわざアップロードしたのだ。もしかしたら、動画を撮ったのは生徒のうちの誰かかもしれない。そう思ったが、その悪意を追及する余裕は私にはなかった。布川名和手高校の生徒や先生たちは、殴ったのが私であるということをすぐに把握した。赤羽海荷はじめ、一部の生徒や先生たちは私のことを庇《かば》ってくれたが、噂は過熱し、私が高校時代に不良だったということも学校全体にバレることとなった。私の過去はもう美談などではなく、だから殴ったのだ、という風に受け取られた。噂によって心がすり減っていく一方で、どこか楽観的な自分もいた。だって、学校側からクビだと言われるよりも前に、私は自分自身を見限っていた。あの時、高橋一真に手を出してしまったのは事実だからだ。私は、倫理の問題に倫理で返すことができなかったのだから。

　懲戒解雇を言い渡されたのが十月のことだった。それから二か月、私はインターネットを解約し、自分自身に閉じこもるように暇な時間を満喫した。一二月に他県に引っ越し、教職になんの関係もない、ホッケがおいしい食堂でアルバイトをはじめた。赤羽海荷は、あのあとすぐに高橋一真と別れた。「彼氏が最低最悪だった。地獄に堕《お》ちろ地獄に堕ちろ地獄に堕ちろ地獄に堕ちろ地獄に堕ちろ地獄に堕ちろ」というテロップの入ったダンス動画を「TipShot に投稿した。反響は様々あったようだが、それからはまた投稿をストップしている。引っ越してからも、彼女とはこまめに連絡を取った。下校中に猫を見つけた。購買のパンが九十円も値上がりした。オンラインゲームで全然勝てない。時々彼女の方から、取るに足らない連絡をくれる。そういうのが一番うれしかった。

　それからまた日々は過ぎ去り、二月になった。

最近のわが校……じゃない、あの高校はというと、相変わらずTipShotの撮影が至るところで行われているようだが、動画の中身は様変わりした。生徒たちはこぞって心霊動画に夢中らしい。ある日、一階理科準備室前で撮影された動画に、モロに映り込んでいたというのだ。その動画は「うみ様」のウィッグ動画の再生数を超え、四二〇〇万再生を記録した。

遊園地にいかないかと赤羽海荷から誘われたのは、二月の上旬のことだった。以前から友だちのような態度で接されてはいたが、遊園地にいくとなると本当に友だちみたいで心がじんとした。

新幹線に乗って二時間弱。駅の待ち合わせ場所で赤羽海荷が待ってくれていた。数か月ぶりというだけで、大人っぽくなったように感じた。近況を聞くと、染井口楓から告白されたが返事を一か月も引き延ばしている、と彼女はにやけながら教えてくれた。

遊園地はバレンタイン仕様になっていて、チョコレートがコーティングされたコーヒーカップをふたりで気持ち悪くなるくらい回した。ベンチに座って休憩をしている時、

「私の高校生活、良い思い出になってくれるかなあ」と赤羽海荷が言った。

「大丈夫。なるようになるよ」

「こたえになってなくない？」

私はなぜだか泣きそうになってきて、飲み物を買いに自販機に向かった。私の分も赤

羽海荷の分も、二本ともコーラは噴き出してしまった。「最悪だ」と何度も繰り返しながら赤羽海荷は笑った。

　夕方、でろでろに溶け出したような西日にまみれてアトラクションの待ち時間を調べていると、「あのー」とか細い声で話しかけられた。制服を着た中学生の女の子ふたり組だった。

「もしかしてうみ様ですか？」

「うん。そうだよ」

「ああっ、あの！　ウチ、絶対うみ様の高校いくんで！　うみ様にあこがれてるんでっ!!」

「私もうすぐ卒業しちゃうけどね」

「ウチらがうみ様の意志継ぐんで」

　もうひとりの子がぶんぶんと頷いた。

「まぶしいね」

「え？　あ、そうですね、夕日」

「そうじゃなくてさ」

「えっと？」

「まあいいや。がんばってね」

彼女たちが去っていくと、赤羽海荷はぐうぅっと伸びをし、がんばれ、がんばれ、と口ずさんだ。

霊感
インテグレーション

NINA SATOSHI
新名 智

新名 智　Satoshi Nina
1992（平成４）年、長野県生れ。2021（令和３）年『虚魚』で第41回横溝正史ミステリ＆ホラー大賞〈大賞〉を受賞し、デビュー。ほかの著書に『あさとほ』『きみはサイコロを振らない』などがある。

「幽霊からプッシュ通知が届く？」

　わたしは自分でも素《す》っ頓狂《とんきょう》とわかる声で聞き返した。パソコンやスマートフォンに囲まれたオフィスの中で、しかも朝の定例ミーティングで耳にするには、あまりにも現実離れしたフレーズだ。けれど奥田《おくだ》さんは、真剣な表情を崩さなかった。

　プッシュ通知というのはわかる。アプリのユーザーに対して、サーバーから送信するお知らせ機能のことだ。アプリ内の記事が更新されたり、新しいメッセージが届いたりすると、画面上にバナーなどの形で通知が現れ、ユーザーにそのことを知らせる。

　でも、幽霊からそれが届く、というのがわからない。助けを求めるように、わたしは隣に座っている和泉《いずみ》さんのほうを見た。会社ではいつもＴシャツにハーフパンツの彼は、世間がイメージするプログラマーのスタイルそのものだ。ところが和泉さんも同じように真剣な顔で――というよりは、何がおかしいのかわからないという顔で、こちらを見返した。どうやらこの会社では、こんな会話は日常茶飯事らしかった。

「実際、プッシュ通知自体も幽霊なんだよ。サーバーにログが残ってないんだ」

と、和泉さんが言った。どういう意味か聞こうとしたら、先に奥田さんが口を開く。

「まず、このアプリの機能について、ざっくり説明しますね」

彼がマウスを操作すると、スクリーン上のスライド資料が切り替わった。「スピリチュアル・マッチング・サービス『スピスタ』」というアプリの正式名称と、太極図をコミカルにしたような形のロゴアイコンが並んで表示される。

「これは一言で説明すると、霊能力者と相談者とのマッチングアプリなんです」

「はあ」

「心霊現象にまつわる悩みってありますよね。たまたま住んだ家が事故物件だったとか。けれど、いざ除霊やお祓《はら》いが必要になったとき、だれに頼んだらいいかわからない、という人は多いわけです」

わけですと言われても困るが、たしかにそうかもしれない。占い師くらいなら街角で見かけることはあっても、拝み屋や霊媒師の看板はあまり見ない。

「このアプリには二種類のユーザーがいます。ひとつは、普通にアプリをダウンロードして登録した『一般』ユーザー。そしてもうひとつが、運営元の認定を受けた『コンシェルジュ』ユーザー」

「ええと」わたしは手帳にメモを書き込みながら尋ねた。「その『コンシェルジュ』っていうのが、霊能力者ってことですか」

「そのとおりです。このあたりの用語は広告のイメージ対策と聞いていますが——よくわかりませんね」

　奥田さんは苦笑する。五十そこそこの年齢だと聞いているけれど、笑った顔は幼い少年のようにも、しわくちゃのおじいちゃんのようにも見える。とても背が高くてモデルか俳優みたいなのに、これ以外の仕事はまるで知らないとも聞いている。とにかく変わった人だ、と思った。

「この運営元からアプリ開発を請け負って納品したのが、アイルックという会社です。今回の案件は、そのアイルック社からの依頼になります」

　サービスの運営会社が、スマートフォンアプリの開発に長《た》けているとは限らない。とくにスタートアップのような小さな会社だとなおさらだ。そこで、たいていの場合は専門の開発会社に依頼して外注することになる。

　しかしながら、専門の開発会社を名乗っていても、実は十分にエンジニアが揃《そろ》っていない、ということはよくある。そこでさらに別の会社や、あるいはフリーランスのプログラマーを集めてきて案件に当たらせる。自社の社員として抱えるより、そちらのほうが安上がりなのだ。

　今回のケースで言えば、まず話に出てきた運営元のオノノキという会社から、アプリの開発と保守を請け負ったのがアイルックという会社。そのアイルック社から、準委任契約という形で実際のメンテナンス作業を請け負ったのがうちの会社——ピーエム・ソリューションズ、といった流れになる。

「アイルックには、当時の開発担当者はもう残っていないそうです。それで、うちがソースコードを引き継いで、不具合の原因調査をすることになりました」

「不具合というのは、さっき言っていたプッシュ通知ですか」

「それもあります」

「それも？」

「他にも細かいバグがいろいろ出ていて、アプリの評判自体がよろしくないんだそうです。大規模なバージョンアップをやった場合、どれくらいの工数がかかるか見積もってほしい、というのが主な依頼内容です」

　またスライドが切り替わって、今度はアプリの配布ページのスクリーンショットが出てくる。ユーザーからのレビューが抜粋されていて、それを見る限りでは、たしかに評価が芳《かんば》しくない。星で表されたアプリの点数も、五個で満点のところ二個半とだいぶ低い。

　ユーザーの声を眺めると、とりわけ不評なのはパフォーマンスの部分だった。動作が遅いとか、バッテリーの消費が激しいとか、起動にやたら時間がかかるとか書かれている。

ただ、と奥田さんは言う。

「先方、アイルックの担当者は、プッシュ通知の件をだいぶ気にされているようでした」

「それは、深刻そうな不具合だから、ということで？」

「いいえ。ネット上では、このアプリについてもっといろいろな噂《うわさ》が飛び交っているようです。要するに、これは呪《のろ》われたアプリである、という」

思いがけず呪いという言葉が出てきて、わたしは顔をしかめた。それを目にした奥田さんが説明をおぎなう。

「もちろん、噂の真偽は不明ですが――このアプリには、利用者同士がメッセージでやりとりする機能もあるんです。それで、とある霊能力者の女性が、複数のユーザーから執拗《しつよう》な誹《ひ》謗《ぼう》中傷を受けた。傷ついた彼女は、みずから命を絶った」

このアプリの利用者は基本的に、オカルトやスピリチュアリズムの信奉者が多い。と同時に、そんな人たちをからかうため、いたずら目的で登録するユーザーも跡を絶たない。その点は残念ながら事実だという。

霊感があると称する人種については、わたしも過去に付き合いがあったから知っている。彼らに共通しているのは、とにかく繊細な性格の人ばかりということだった。世界の見え方が違うから、それだけ感じ方も違うのだ、と前に聞かされた。であれば、SNS上でのトラブルを苦にして自殺してしまうというのも、ありえないことではないように思えた。

「亡《な》くなった霊能力者は、天津瑠依子《あまつるいこ》という名前でした。その後、彼女の名前を使ったアカウントから、奇妙なメッセージが届くようになったそうです。メッセージには誹謗中傷に加担したとされる人物の名前や、呪詛《じゅそ》の言葉が書き連ねられている、とか」

「それって本当の話なんですかね？」

和泉さんが口を挟むと、奥田さんは首を横に振った。

「どうなんでしょう。ただ利用者の中には、実際に起きたことだと信じている人が多いようです。だからなのか、認めて謝罪しろ、というメールが運営元に来ていると聞きました。悪質なユーザーを処分しろ、というのも」

現実問題、ユーザー同士の個別のやりとりをすべて管理するのは難しい。運営元の関知しないところで、密《ひそ》かにそういう事件が起きていたということは考えられる。だが一方で、単なる風評被害という可能性もある。和泉さんがそう指摘すると、奥田さんは嘆息するように首を動かした。

「いずれにせよ、アプリ開発者としては腹立たしい話ですね。根も葉もない噂なら困ったことだし、誹謗中傷が事実なら、なおさらです」

「それは、利用者の悪意に対して、ってことですか」

「多々良《たたら》さんだって、自分が作ったものを、自分の意図と違う形で使われたら気分がよくないでしょう。せっかく編んだマフラーでテーブルを拭《ふ》いたりされたら」

「なるほど、たしかに」

例がわかりやすかったので、わたしは思わずつぶやいた。すると奥田さんは、また例の不思議な表情でにこっと笑った。

和泉さんと奥田さんは、どちらも職種としては同じシステムエンジニアだ。わたしのほうは、この社内ではディレクターと呼ばれる職種に就いている。これはちょうど部活動のマネージャーに似ていて、お客さんと会話しながら要望を取りまとめたり、他のメンバーのスケジュールを管理したりするのが主な仕事だった。

「さて、引き継ぎは以上ですが、他に確認が必要な点はありますか？」

　するとわたしよりも先に、和泉さんが挙手した。

「ソースコードってもうあるんですか？」

「あります。ＺＩＰファイルで送られてきたので、社内の共有ドライブに格納しておきました」

　わたしは手帳をめくった。基本的なＩＴ用語は研修期間中に調べてある。ソースコードというのは、プログラムが書かれたファイルのことだ。現在、日本で使われているスマートフォンには大きく分けて、iOSとAndroidという二種類のＯＳが存在する。それぞれ対応するプログラミング言語が違うので、ソースコードも書き分ける必要がある。

「ＺＩＰファイルってことは、バージョン管理はされてない感じ――」

「いえ、本当はGitHubなんですが、アカウントの準備がまだ――」

「ＡＰＩとか、開発用サーバーは――」

「これもまずＶＰＮの接続情報をもらわないと――」

ふたりのやりとりは徐々に専門的になっていく。そろそろついていけなくなりそうだ。かろうじてサーバーという単語が聞き取れたところで、そういえば、と思い、わたしも手を挙げた。

「さっき言ってた、サーバーにプッシュ通知のログがないっていうのは」

「そうか、それを説明しないとか」

和泉さんは立ち上がると、背後のホワイトボードを引き寄せ、何やら図を描いた。スマートフォンの形をした四角形の中に「アプリ」と書かれており、そこから線が引かれて、「サーバー」と書かれた円筒形に接続している。

「アプリっていうのは、こんな感じで、裏にサーバーを持ってる。アカウント情報だったり、メッセージの履歴だったり、お知らせや通知だったり、そういうのはサーバーのほうで管理して、アプリに送ってるんだ」

「どうやって送るんですか？」

「Ｗｅｂ　ＡＰＩっていう仕組みを使うのが一般的だね。サーバーのアドレスをアプリ内に持たせておいて、インターネット経由でアクセスする。たとえばユーザーがログインするときには、入力されたＩＤやパスワードをサーバーに送って、ログインに成功したら、トークンを返す」

　説明しながら和泉さんは、ボードの上に矢印を書き足していく。トークンというのは要するに、アプリにログインできたことを示す印みたいなもので、それを使って他のデータをいろいろと引き出すことができるらしい。ライブハウスの入り口で受け取るドリンクチケットとも似ているな、などと考えた。

「こういうふうに、アプリはサーバーから情報を受け取っている。ところが、例の幽霊からのプッシュ通知には、サーバー内に送信した形跡がない――でしたよね」

「そう聞いています」奥田さんがうなずいた。「とはいえ、アプリサーバーを介さずともプッシュ通知は送れますし、なんらかの理由でデータが削除されたということも考えられます。どういった状況なのか、詳しいことは先方にあらためて聞かないと」

　言いながら奥田さんは、わたしのほうをちらっと見た。これをヒアリングするところからがわたしの仕事だ、という意味なのだろう。わたしは急いで手帳にメモする。

　だが、それにしても。手帳の上に並んだ「幽霊」と「サーバー」という文字を見比べながら、わたしは悩んだ。あまりにも不釣り合いな単語の組み合わせだ。幽霊からメッセージが届くマッチングアプリに、霊能力者の自殺事件。

「ここの仕事って、いつもこんな感じなんですか？」

わたしは我慢できなくなって口にした。まさか、今回だけさ、といった答えを期待しながら。しかし、わたしの言葉を聞いた和泉さんと奥田さんは、きょとんとした表情で顔を見合わせた。

「そりゃあ、うちはそういう会社だもん」

「ですね」

株式会社ピーエム・ソリューションズ。東五反田の雑居ビルに本社を構える小さなアプリ開発会社だ。ソリューションとは「課題解決」という意味のＩＴ用語だが、ピーエムがなんの略称かはまだ知らない。おそらく「プロダクトマネジメント」か何かだろう。

わたしがここにディレクターとして入社して、もうすぐ二週間。簡単な社内研修を終え、初めて自分ひとりで担当することになった案件が、まさかオカルト絡《がら》みとは思わなかった。

「多々良さんって、前はどんな仕事をしてたの」

和泉さんが言った。わたしが女子高に通っていた頃、生徒たちから人気のあった数学の先生がいたけれど、彼はその人にどことなく似ている。クールで知的な面立ちなのに、喋《しゃべ》ると子犬みたいな愛嬌《あいきょう》のある雰囲気だ。年齢も奥田さんよりだいぶ若く、わたしよりは少し上だが、まだ二十代のはずだった。

「少なくとも、幽霊とかは出てこない仕事ですね」

そのタイプの質問は、けっこう苦手だ。どれくらい前の経歴を話そうか迷ってしまう。

高校を出て、最初になろうとした職業は自衛官だった。が、わたしの目的からはあまりに遠回りすぎると気づいてやめた。それから、感染症専門の病院に潜り込もうと思ってみたり、地雷除去のＮＧＯに入ろうとしてみたり、実話雑誌で暴力団幹部を痛烈批判する記事を書いてみたり、スキューバダイビングのインストラクターや、山岳ガイドになったり。

ひとまず、わたしは一番近い職歴を答えることにする。

「アルバイトですよ。コンビニとか」

しかし、わたしの答えを聞くと、和泉さんは驚いたように眉《まゆ》を持ち上げてみせる。

「へえ、そこからＩＴ業界って珍しいね」

「たまたま、ここの社長と知り合って、勧誘されたんです。うちに来ないかって」

「あの人が声をかけるってことは、かなり有望ですね」

奥田さんが言った。なぜだかわからないけれど、その言い方には、ずいぶん含みがあるように思えた。が、そのことを指摘しようとしたら、奥田さんはさっさとノートパソコンを閉じ、オフィスを出ていってしまった。早めの昼食にするのだそうだ。

アイルックの担当者とは、午後にリモートで打ち合わせして、より詳しい話を聞かせてもらうことになっていた。和泉さんも自分の作業に戻る。わたしは、今のうちに少しくらいアプリを触っておこうと思って、会社から支給されているスマートフォンを取り出した。これは業務連絡用と同時に、アプリの検証用も兼ねている。

スピスタのアプリ自体は、朝のうちにインストールを済ませてあった。アイコンをタップすると、思っていたよりも明るいデザインのアプリが立ち上がる。あえてオカルトっぽさを出さないようにしているのかもしれない。社用のメールアドレスを使って新しいアカウントを作成し、ログインする。ログイン処理は、ちょっと時間がかかった。その間、さっき和泉さんに描いてもらった図が、頭の中をぐるぐると回った。きっとサーバーとやらに一生懸命データを送っているところなのだろう。

処理が終わるのを待っていたら、パソコンに向かっていた和泉さんが、あっという声を上げてこちらを向いた。それから、何か伝えたくてうずうずしているみたいに、わたしの顔とパソコンのディスプレイとを交互に見ている。

「どうかしました？」

わたしが言うと和泉さんは、ディスプレイをこちらに向けて、言った。

「これって多々良さんだよね」

そこには見覚えのあるニュース記事が表示されていた。見出しは「コンビニの女性店員が強盗を撃退」。その下に、警察からの感謝状を持ったわたしの写真。ご丁寧に氏名と年齢まで書かれているから、だれが見たってわたしだとわかる。

「ナイフを持った相手に飛びかかるなんて、びっくりだよ。勇敢なんだね」

たいしたことない、と答えようとして、やめた。わたしの胸の下には、ナイフの切っ先で裂かれた傷跡がまだ生々しく残っている。あと数センチずれていたら肺まで突き抜けていたと医者には言われた。

「わざわざ検索したんですか。わたしの名前」

「えっと」和泉さんはたじろぐ。「ごめん。社長がスカウトしたって聞いて気になったんだ。すごい人かもって」

本当にそうだったね、と彼は無邪気な顔で言う。そんな反応をされたら、怒る気になれなかった。

「武器を持った相手に立ち向かうなんて、ぼくだったら絶対に無理だな。死ぬの、怖いもん」

「だれだって怖いと思いますけど」

言われてみればそうか、と和泉さんはへらへら笑って、それで気が済んだのか、ディスプレイの向きを直した。手元のスマートフォンを見ると、もう読み込みは終わっており、新しいユーザー向けのチュートリアルが表示されている。スピスタの基本的な使い方や、自分にあった相談先の見つけ方、コミュニケーションに関する注意点など。

　そうして一番最後には、こんな文章が書かれていた。

　――スピスタは、スピリチュアルな現象の存在について、否定も肯定もしません。すべてはあなたの信じる気持ち次第です。

　わたしの場合はどうだろう。信じ続けているから、こんな目に遭うのか。あるいは現実がこうだから、否応《いやおう》なしに信じさせられているのか。

　多々良家は、わたしを残して死に絶えた。これが末代までの呪いだというのなら、わたし自身がそうだ。

＊

　画面に現れたアイルックの担当者は、鎌田《かまた》という名前だった。彼は、よほど冷房の効かない部屋にいるのか、ハンカチでしきりに禿《は》げ上がった頭を拭いている。

「あなたが新人さんの」

「多々良数季《かずき》です。よろしくお願いします」

「珍しい名字ですね、多々良さんですか」

「うちの地元ではよくあるんですよ」

「へえ」

正確には「よくあった」なのだけど、この際どうでもいい。わたしは、あらかじめ奥田さんから教えてもらった必須《ひっす》の質問事項を中心に、話を進めていった。

まず聞かないといけないのは、不具合の詳細だ。幽霊からプッシュ通知が届く、などという胡乱《うろん》な現象が本当にあったのかどうか、あったとして、それは今でも再現できるのかどうか。わたしはそこが気になっていた。

すると鎌田氏は、画面共有機能をオンにし、一枚の画像をわたしに見せた。それはスマートフォンのロック画面を写したスクリーンショットのようだった。並んでいる通知バナーの一番上には、スピスタのものと思われる通知がある。コンシェルジュユーザーから新着メッセージがあります、という文字。それに、天津瑠依子という名前。

「とある利用者が、ＳＮＳにアップロードした画像です」

「メッセージの後ろの、この部分は」

「送信者の名前が入る箇所ですね。天津瑠依子さんというコンシェルジュから、新しいメッセージが届いたことを示しています」

アプリ内での誹謗中傷がきっかけで自殺した霊能力者、とされている人物だ。ただし、その名前で検索してみても、スピスタ関連の記事しか引っかからなかった。他の場所では活動していなかったのか、あるいは複数の名義を使い分けていたのか。

　スピスタにおける相談の流れはこうだ。ユーザーはまず、コンシェルジュと呼ばれる霊能力者のうち、お気に入りの相手をフォローする。それから自分の相談したい内容を投稿する。フォローされた霊能力者は相談内容を見て、自分の手に負える範囲だと思えば、そのユーザーに対して回答となるメッセージを送信する。

「現在、アプリ内に天津瑠依子というアカウントは存在しません。当然、フォローもできない。しかし、その相手から回答があったという通知だけが届く」

「ＳＮＳにあった報告自体、単なるいたずら、という可能性はないんですか？」

　わたしは言った。スクリーンショットは本物のように見えるが、これくらいの画像加工は難しくないんじゃないかと思う。しかし、鎌田氏の答えはノーだった。

「同じ通知を、うちでも受け取ったんです。テスト用にアプリをインストールした端末が、うちの社内に何台かあるんですが、その中のいくつかが通知を受信したのを確認しました」

　ということは、実際に通知は送信されたのだ。鎌田氏の証言では、通知は一回だけではなく、何回か送られたらしい。そうなると当然、わたしの頭には別のアイディアも浮かんでくる。

「何かのミスで、誤って通知を送信してしまったということは」

「運営会社からも、そう指摘されました。実際、わたしもそうじゃないかと思うんです。ただその」

「先方に提出するためのエビデンスが必要ってことですね」

「そういうことです」

ソースコードを調べて、プッシュ通知に不具合を引き起こすような何かが見つかれば修正する。見つからなければ人為的ミスだ。サーバーのほうに誤操作を裏付ける証拠がないか探す。それもなければ、「調べてもわかりませんでした。ごめんなさい」ということにして報告書を書く。いずれにせよ、原因の切り分けができなければ次のステップに進めない。

これで、奥田さんと和泉さんにどんな作業を依頼すればいいかはわかった。けれど、そもそもの発端となった噂については、もう少し確認しておきたかった。

「その天津さんという方が、嫌がらせを受けて自殺したという話は事実なんでしょうか？」

わたしが尋ねると、小さな画面の向こうで、鎌田氏が首を横に振った。

「以前、飲み会でオノノキの担当者にそれとなく聞いたんですが、はぐらかされてしまいまして」

「はぐらかされた？」

「どういう理由かはわかりませんが、話題にしたくないようでした」

　深刻な話だから、言及を避けたのかもしれない。あるいは何か隠したい事情があったのかもしれない。画面の鎌田氏は何かを考え込むように、キーボードのあたりを見つめたまま動かなくなる。一分が経《た》ち、ひょっとしてフリーズしたかしら、と思い始めた頃、ようやく彼は言った。

「実は——あの会社のアプリでは、他にもおかしなことが起きてるんです。ホーンテッドナビというんですが、ご存じですか」

「いえ」

「スマートフォンの位置情報を利用して、肝試しを楽しむアプリなんです」

　今度は、位置情報に肝試し。どうもこの会社のアプリは、不釣り合いな言葉をわざとくっつけて遊んでいるような節がある。

「アプリにあらかじめ、いろいろな心霊スポットの座標が登録してあって、実際にそこを訪れるとポイントがもらえる。そのポイントの数を競うっていう」

　聞けば、このオノノキという会社は、とある心霊系Ｗｅｂサイトの企画から発足したパブリッシャーで、軽いジョークからシリアスな降霊術まで、オカルト関係の多種多様なアプリを揃えているのだという。

「そのホーンテッドナビというのにも、似たような噂があるんですね」

「ええ。ぼくが聞いたのは、行ったはずのない心霊スポットの訪問履歴が、いつの間にか増えている、というものでした」

興味深い現象だけど、それだけなら位置情報の誤差という気もする。わたしだって、スマートフォンの地図アプリは毎日のように使っているからわかる。自分の現在地をあらわすマークが見当違いの場所に表示されることなど、よくあることだ。

わたしがそう伝えると、しかし、彼は否定した。

「履歴が追加される心霊スポットというのが、ランダムじゃないんですよ。必ず同じ場所になるんだそうです」

「それは、ユーザーがどこにいても？」

「沖縄でも北海道でも。その現象が起きたときには、都内のどこかにある自殺の名所だかに行った履歴が追加されるらしくて」

「ということは」

アプリ内に、もともとその位置情報が組み込んであるのかもしれない。動作をテストするために、固定の座標を送信するようなプログラムを埋め込んで、消し忘れたとか。ただ、そんな原因だったら、とっくに気づいて修正されているはずだけれど。

「そのアプリの開発も、アイルックさんでやられたんですか」

「いえ、それは別の会社が。ただ、うちの木下《きのした》というエンジニアが、そのアプリに興味を持っていてですね」鎌田氏の声がちょっと小さくなる。「ソースコードをこっそり見ていたり」

「ソースコードって、ホーンテッドナビの、ですか？」

思わず首をかしげた。エンジニアというのは得てして好奇心の強い人種だが、無関係なアプリの中身まで知りたがるものだろうか。

「はい。ソースコードを保存している場所のアクセス権限が共通だったせいで、スピスタの開発時に、見ようと思えば見られたんです」

自社で請け負ったわけでもないアプリのソースコードを覗《のぞ》き見るというのは――たとえ先方の手抜きが原因としても――褒められたことではない。情報流出の危険だってある。すると、そんなわたしの気持ちを読み取ったかのように、鎌田氏が付け加えた。

「木下は、とても真面目《まじめ》な性格で、ソースコードを見たのも純粋に技術的な興味からだと言っていました。優秀なエンジニアだったんですが、半年ほど前、いきなり音信不通になってしまって」

「音信不通？」

「行方不明と言ったほうがいいかもしれませんね」

「それは――」

なんと答えたらいいのかわからない。

「ホーンテッドナビやスピスタで、おかしな現象が起きるという噂が出たのと、ちょうど同じ時期でした」

「ひょっとして、その木下さんという方は」

「スピスタの開発担当です。その彼がいなくなってすぐですよ。幽霊から通知が届くっていう報告があったのは」

当時の開発担当者はもう残っていない、と奥田さんから聞かされていたのを思い出す。それで、うちに依頼があったというわけか。

ただ、わたしにはもうひとつだけ、気になっていることがあった。

「ホーンテッドナビの話をされたのは、木下さんを疑っているからですか？」

「ど、どういうことでしょう」

「その方が辞めるのとほぼ同じタイミングで、スピスタでもホーンテッドナビでも妙な不具合が起きているということは——万が一の話ですけど、こっそり細工したんじゃないか、なんて」

「まさか。ありえません」と、鎌田氏は言った。「木下は真面目で、ちょっとした不正も許せないような性格でした。だいたい、うちはホーンテッドナビのリリースにはまったく関わってないですから、不具合を埋め込むなんてできませんよ」

「もちろん、そうですよね。すみません、変なことを言ってしまって」

わたしはカメラ越しに深く頭を下げた。だが内心では、じゃあスピスタには埋め込めたかもしれないんだな、と思った。

その後は、正式発注の期限や契約書のフォーマットなど、いくつか事務的な確認をして、打ち合わせを終えた。決定事項を整理しながら、わたしは木下さんというエンジニアのことを考えていた。彼はなぜホーンテッドナビのことを気にかけていたのだろう。彼がいなくなってすぐ、スピスタでは幽霊からのメッセージが届くようになったともいう。とすれば、ふたつのアプリの不具合には何か関係があるのか。

スピスタをインストールした社用スマートフォンを取り出す。アプリストアを開いて、検索フォームに「ホーンテッドナビ」という名前を入力する。一番上に問題のアプリが出てきた。ユーザーからの評価がよくない点はスピスタと同じだが、レビューの内容を見ると、不満の原因はゲームのシステムが不公平だったり、キャンペーンの特典が安っぽかったりという部分であって、行ったことのない心霊スポットが表示されるという不気味な現象に触れているものは見当たらなかった。

調査のためにアプリを追加するのは自由と聞いていたから、わたしはそのままホーンテッドナビを社用端末にインストールした。こちらもログインが必要そうだったので、スピスタと同じように、会社のアドレスでアカウントを作った。

明るいデザインのスピスタとは打って変わって、こっちはいかにも心霊アプリという感じの、黒を基調としたインターフェースになっている。アプリのメイン画面には地図が配置されていて、わたしのいる五反田付近が表示されていた。訪問履歴は、さっき登録したばかりだから当然だけれど、空のままだった。

ひととおりアプリを触ってみたが、おもしろいことは起きない。わたしはスマートフォンとノートパソコンをバッグにしまって、エレベーターホールに向かった。

ピーエム・ソリューションズは、オフィスビルの九階と十階を契約している。九階はミーティングスペースと受付——といっても、インターフォン代わりのタブレット端末が置いてあるだけ——で、十階が執務室。そこでは今、奥田さんと和泉さんが作業をしているはず。

と、ちょうどそのとき、上の階から非常階段で降りてきた和泉さんと出くわした。

「あ、多々良さん。打ち合わせ終わったんだ」

「はい。今、結果を報告しようと思って」

エレベーターを待っている間、わたしは打ち合わせの中身を手短に教えた。プッシュ通知の送信が人為的なものかどうか特定するため、アプリの中身に問題がないことを証明したいのだ、ということ。さらに、木下という前任のエンジニアが、辞める前に何か細工をしたかもしれない、ということ。

わたしの話を聞き終えると、和泉さんは困ったように頭をかいた。

「ってことは、それなのかなあ」

「もう何か見つけたんですか？」

「うん。さっきまで、上でソースコードを調べてたんだ。そうしたら、よくわからないライブラリが埋め込んであった。しかもバイナリ化されて。これ変ですよねって話を奥田さんとしてた」

　などと言われても、専門用語ばかりで、どこが変なのかわからない。わたしが戸惑っているのに気づいたのか、和泉さんは続けて説明してくれた。

「簡単に言えば、正体不明のプログラムがアプリに隠してあって、しかも中身がわからない」

「じゃあ、それを使ってプッシュ通知を表示させることは」

「できなくはない」

　プッシュ通知には、サーバーから送信するリモート通知と、アプリ内から送信するローカル通知の二種類がある。たとえばキッチンタイマーのようなアプリで、タイマーがゼロになったことを通知したいときには、ローカル通知のほうを使う。やろうと思えば、アプリ内に仕掛けをして、サーバーから送られたかのような偽《にせ》のプッシュ通知を表示することもできる。

「そのプログラムって、中身を見ることはできないんですか？」

「逆コンパイルっていう手順が必要なんだけど、ぼくはやったことなくてさ。今夜、ちょっと残って奥田さんと一緒に調べることにする」

急ぎの調査ではなかったのだけど、ふたり一緒に出社するタイミングがあまりないので、今日中にやってしまうのだという。わたしは頭を下げた。

「ごめんなさい。助かります」

「いいよ。その代わり今度、一緒に飲みに行こう。ちょうど行きたい店があるんだ。歓迎会だってまだだし。多々良さんのこと、いろいろ知りたいから」

それを聞いたわたしは、当たり障《さわ》りのない愛想笑いを返した。和泉さんに悪い感情はないけれど、気を許すのは早計だ。

「つまらないですよ、わたしの話なんか」

「そんなことないって。ほらあの、コンビニの事件の話とかさ」

ちょうどエレベーターが到着したので、さっさと乗り込んだ。給湯室でコーヒーを淹《い》れるという和泉さんを残したまま、わたしは十階のボタンを押す。ドアが完全に閉じる直前、和泉さんがひとりごとみたいに言った。

「この会社に入ったってことは、きみにも呪いがあるはずだから――」

えっ、と思ったときには、もうエレベーターは上昇を始めていた。

＊

我が家に着くなりソファに倒れ込んで、夕食も摂《と》らないまま、一時間ばかりうとうとしていた。思ったよりも疲れていたみたいだ。久しぶりのちゃんとした仕事で、無意識に緊張していたらしい。

何か夢を見ていた気もするが、忘れてしまった。どうせろくな夢じゃないはずだ。わたしが見るのは昔から悪夢ばかり。それも家と血筋のせいなのだと、小学生のときに会った拝み屋から聞かされた記憶がある。両親や親戚《しんせき》たちがまだ生きていた頃は、霊能力者を名乗る連中が毎週のように屋敷まで呼び寄せられていた。もっとも、ほとんど役に立たなかったが。

そのわたしが成長して、霊能力者のマッチングアプリを調べる羽目になるとは、どういう因果だろう。社長はここまで見越してわたしを勧誘したのだろうか。あの社長ならありえない話じゃないと思った。あれは一見すると軽薄なおじさんに見えて、中身は底知れない人物だと思う。でなければ、わたしをスカウトするとき、あんな台詞《せりふ》を吐くものか。

台詞と言えば、和泉さんの言葉もまだ引っかかっている。この会社に入ったということは、呪いがある、と彼は言った。その推測は事実だ。だとすると奥田さんや和泉さんも、何かの呪いを抱えて、この会社にいるのだろうか。

考えれば考えるほど疑問が湧《わ》き上がる。まったくもって奇妙な会社だった。だけど、平凡すぎて退屈するよりかは、こっちのほうがいい。わたしにとって仕事というのは、ただ人生の残り時間を減らす手段に過ぎない。それも文字通りに。

わたしは、バッグに突っ込んだままだった社用携帯を引っ張り出した。社内チャットに新しい連絡は来ていない。和泉さんたちは、きっとまだ会社に残ってソースコードの調査をしている。わたしは同じ端末にインストールされているはずの、スピスタのアイコンを探した。あれ以降も暇を見つけては何度か触っている。もし和泉さんたちがアプリの不具合を修正したら、最終的なテストをするのはわたしの役目だ。今のうちにアプリの操作にも慣れておきたい。

と、画面をスワイプする指が、別のアプリのアイコンの上で止まった。

ホーンテッドナビ。

こちらもさっきインストールしておいたのを思い出す。だが、指が止まった理由はそれだけじゃなかった。アイコンの右上に赤いバッジがついている。新しい通知があることを示すマークだ。わたしはアイコンをタップしてアプリを起動した。ホーム画面が表示されるのと同時に、ポップアップが開く。

――訪問履歴が更新されました。ギフトボックスから報酬を受け取ってください。

新しい心霊スポットを訪れるたび、報酬となるポイントやアイテムがギフトボックスに貯《た》まっていく仕組みのようだ。わたしはメニューバーを操作して、訪問履歴画面を表示させた。アプリに登録されている心霊スポットのうち、自分が今までに訪れたことのある場所が一覧で表示される。わたしは今日の午後にこれをインストールして、まっすぐ家に帰ってきた。だから訪問履歴は空っぽのはずなのだけど。

履歴が一件だけ登録されている。

タップして詳細を表示する。これは、東京都のはずれにある古い団地だという。説明書きによれば、かつてこの団地で飛び降り自殺が相次いだことから、心霊スポットとして紹介された時期があったらしい。

地図アプリで経路を調べてみた。この時間だとバスはもうなくなっているだろうが、電車とタクシーを乗り継げば、行けないこともない距離だった。

説明書きにある脅し文句はこうだ。かつての自殺者たちの霊は、今も団地に集まっていて、あなたが次の犠牲者になるのを待っている――。

おもしろい、とわたしは思った。同じ運営元のアプリで起きた怪現象だし、これも広い意味では業務に関わることだ。どうせ今夜は和泉さんから結果の報告があるまで起きて待っているつもりだった。その間に肝試しとやらをしてみるのもいい。

　動きやすい服装に着替えて家を出る。いつも通勤に使うのとは反対方向の電車に乗る。都心から郊外に帰る会社員たちに混ざり、例の団地の最寄り駅で降りた。案の定、バスはもうなかったので、タクシーを捕まえて団地の近くまで行った。

　てっきり廃墟《はいきょ》のような場所だと思っていたが、実際に来てみるとごく普通の団地だった。三分の一くらいの窓には明かりがついていて、居住者もそれなりに多い。古く寂しい建物には違いないが、心霊スポット呼ばわりはあんまりだと思った。タクシーの運転手にも怪しまれなかったわけだ。単に、最終バスを逃した住人のひとりだと思われたのだろう。

　スマートフォンを取り出し、ホーンテッドナビを立ち上げる。心霊スポットの詳細欄には、飛び降りがとくに多かったという棟の番号も書かれていた。とりあえず、わたしはその棟に向かった。このアプリがわたしをどこに連れて行くつもりなのか、まだわからない。

　棟の一階には金属製の郵便受けがずらりと並んでいる。その中にひとつだけ、大量のチラシや封筒で今にも溢《あふ》れそうな状態のものがある。旅行中か、夜逃げのあとか。わたしは何気なく、その郵便受けに書かれた名前を読んだ。

　天津瑠依子。

　はっとした。彼女の自宅がこの団地にあるのか。わたしはその郵便受けの部屋番号を見た。四階の一番奥の部屋。わたしは薄暗い階段を上った。冷え冷えとした廊下を歩き、角にあるドアの前に立つ。ブザーを押したが、音は鳴らなかった。どうやら線が切られている。

ドアノブに手をかけ、そっと回した。するとなんの抵抗もなくドアが開いた。中は真っ暗で、野菜を腐らせたみたいな臭《にお》いが漂ってくる。

スマートフォンのライトを点灯させ、内部を照らす。入ってすぐに廊下があり、右手にはダイニングキッチン、正面には和室。ダイニングのほうを見ると、テーブルの上には弁当やカップラーメンの空き容器が放置されていた。先ほどの腐敗臭はここからだろうか。

和室のほうを覗いてみる。畳の上に汚れた布団《ふとん》が敷かれている。それから、充電器に繋《つな》がれたスマートフォンにノートパソコン。呪われた部屋に転がっているにしては、生活感がありすぎる気もする。

それらを調べようと近づいたとき、手に持ったままのスマートフォンが振動した。音声通話の着信だ。耳に当てると周囲が何も見えなくなる。こんなことならプライベートの携帯のほうをライトにするんだった、と思った。

「遅い時間にごめん」和泉さんだった。「今、大丈夫？」

「ぜんぜん。そっちこそ大丈夫ですか？」

「うん。奥田さんに手伝ってもらって、スピスタの中身はだいたい調べ終わったよ」

「夕方に言ってた、その」

「バイナリの中身もわかった。ただ、どうしてこんなものが組み込まれていたのかはわからないけど」

　こんなもの、というくらいだから、アプリの機能には無関係なプログラムだったのだろう。

「プッシュ通知の不具合に関わるものですか？」

「それがそういうわけでもなくて――」

　和泉さんが頭を悩ませているらしいことは、話しぶりでわかった。学者タイプの男にありがちな、相手に向かって説明しているのか、自分に向かって言い聞かせているのかはっきりしない、独特の感じ。

「このプログラムは、ユーザーがスピスタにログインしたときに動く。で、そのログインに使用したメールアドレスとパスワードを使って、ぜんぜん関係ないサーバーに向けたログインリクエストを実行してる」

「ぜんぜん関係ないっていうのは」

「スピスタのサーバーとはまったく違うアドレスが指定されてるんだ。ドメイン名は、ええと、ホーンテッド――」

「ホーンテッドナビ」

「そうそれ。知ってるアプリだった？」

和泉さんの調査結果によれば、どうやらこういうことのようだ。スピスタのアプリに組み込んであった謎《なぞ》のモジュールの中身は、スピスタのアカウント情報を使って、ホーンテッドナビのサーバーにログインするためのものだった。そしてログインが成功した場合、さらに別の情報を、同じサーバー宛《あて》に送信していた。

「これはたぶん座標だと思う。それを、昼間に説明したＷｅｂＡＰＩっていう仕組みを使って、サーバーに送ってる」

ちょっと時間はかかったが、わたしにも問題点が理解できた。ユーザーがスピスタにログインすると、その裏でこっそりホーンテッドナビにもログインして、勝手にどこかの位置情報を送信する、という。

「そんなこと、なんのために？」

「わからない。だから困ってるんだ。アプリのセキュリティ要件には完全に違反してるから、まともな目的じゃないことは明らかなんだけど」

ホーンテッドナビに送られる正体不明の位置情報。ふと思いついて、わたしは尋ねた。

「その座標がどこのことなのかって、わかるものでしょうか」

「ああ、それならもう調べた」

和泉さんはあっさりとそう言った。それから、緯度と経度らしき数字を読み上げる。口頭で言われてもさっぱりわからない。

「要するに、どこです？」

「東京都の西のほうだよ。地名で言うと――」

そのあとに聞こえてきたのは、わたしもよく知っている土地の名前だった。

「もしもし、多々良さん？」

電話を切らないようにして、静かに体の向きを変えた。自分がさっき入ってきたドアは正面にあるはずだが、暗くてわからない。わたしは空いているほうの手をバッグに入れて、私用のスマートフォンを探す。まずは明かりが必要だ。そうしてさっさと部屋を出る。次に。

視界の隅で何かが動く。

その瞬間、こめかみに鈍い痛みが走って、わたしは意識を失う。

＊

意識を取り戻すと同時に、自分の状況を思い出したわたしは、体を動かさないようにして目だけをゆっくりと開けた。そこは暗闇《くらやみ》だったが、徐々に目が慣れてきて、周囲の様子が見えるようになった。

わたしはまだ例の部屋の中で、畳の上に寝かされている。口に違和感があると思ったら、どうやらタオルか何かを噛《か》まされているみたいだ。両手と両足は結束バンドのようなもので縛られている。身動きが取れない。

すぐ目の前には男がいて、布団にあぐらをかき、膝《ひざ》の上に置いたノートパソコンをじっと睨《にら》みつけている。画面のバックライトが男の顔を照らしているが、見覚えはなかった。ひげも髪も伸び放題だった。

男の脇《わき》には、わたしを殴って昏倒《こんとう》させるのに使ったとおぼしき棒状の凶器があった。たぶんブラックジャックとか、そういうやつだろう。それからわたしのバッグと、さっきまで使っていた社用携帯も見える。

わたしは冷静だった。自分がこんなところで死ぬはずはないという確信があった。かといって、仮にそれが外れていたとしても、それはそれで好都合だ。わたしも、お父さんとお母さんのいるところへ――ということはつまり、わたしの親戚も含めて、一族全員が集まっているところへ――思ったよりも早く行けるだけのことだ。

そんなことを考えていたら、自分でもおかしくなってきて、つい笑ってしまった。が、口に入れられたタオルのせいでうまく笑えず、もごもごという音になって鼻から漏れた。それが耳に届いたのだろう。布団の上の男が、顔を上げてこちらを向いた。

男の目を見たとき、背中にぞわっとした感触が走った。たとえるなら、自分の部屋で大きな虫が這《は》いずっているのを見つけたみたいな、嫌な感じが。

しばし、そうやって目を合わせていると、男は不意にそっぽを向き、和室を出ていった。わたしは腕を突っ張ったり交差させたりしてみたが、バンドは固く締まっていて、ちぎることも手首を引き抜くこともできそうにない。それでもなんとか上半身を起こしたところで、男が戻ってきた。

手に持った何かがきらりと光った。刃物だ。男は一歩ずつこちらに近づいてくる。

初めて、怖い、と思った。あれで刺されれば終わりだというのは、わたしの勘違いかもしれない。この呪いは、そんな単純なものではなく、わたしを生かして苦しめるために、どんなことでもやりかねないんじゃないか。そう思ったら急に恐怖がこみ上げてきて、震えが止まらなくなった。

そのとき。

「多々良さん——うわっ！」

信じられないことに、玄関へ通じる廊下から顔を出したのは、和泉さんだった。彼は刃物を持った男に気づくと悲鳴のような声を上げた。が、すぐに気を取り直し、男の腰のあたりに体当りした。

驚いた男は刃物を手放した。細長い包丁のようなそれは、刃先を下にして落ち、畳に深々と突き刺さった。

やめて、逃げて、と叫ぼうとしたが、言葉にならない。予想もしないタイミングで人が現れたせいか、男は少しひるんでいた。けれど、もともとの腕力にだいぶ差があったようだ。あっけなく振りほどかれた和泉さんは、そのままわたしの横まで吹っ飛んできた。

男は畳に刺さった包丁を引き抜き、手に持って構えた。その視線は和泉さんに向いている。まずい。わたしは手足をじたばた動かしてふたりの間に割り込もうとする。時間稼ぎくらいはできるだろう。その隙《すき》に和泉さんが立ち上がって逃げ出してくれれば。

しかし、わたしの思いとは裏腹に、和泉さんはそこに留まったまま、男を睨みつけていた。足がすくんで動けないんじゃない。何かを待っている。そのことにわたしが気づくのとほぼ同時に、また別の人物が姿を現した。

奥田さんだった。いつもと同じスーツ姿で、悠然と室内を観察している。会社帰りにふらっと立ち寄った、みたいな雰囲気で、なんなら笑みさえ浮かべていた。

男は振り返った。そうして、床に転がっているわたしたちより、奥田さんのほうが脅威だとみなしたのだろう。包丁を持ち上げて躊躇《ちゅうちょ》なく襲いかかった。

次の瞬間、男は仰向けで畳の上に倒れていた。

わたしには何が起きたのかわからなかった。それは、やられたほうも同じだったらしい。男は混乱した様子で、とにかく体を起こそうとする。すると奥田さんは男の体をまたぐようにして、男の首に自分の腕を絡みつかせた。男は少し抵抗したが、やがて、ぐったりと動かなくなった。

その間に和泉さんが近寄ってきた。奥田さんひとりで男をどうにかできるのはわかっていたのだろう。格闘には目もくれず、わたしの口から丸めた布を引きずり出してくれた。わたしはえずくように深呼吸し、どこからともなく現れた彼らを交互に眺めた。

「なんで、どうやってここに」

「電話が切れたとき、悪い予感がしたんだ。スピスタの、あの座標の件が関係しているような気がして」

「和泉くんの勘は当たるんですよ」奥田さんは、両手をぽんぽんと払い、すまし顔で言う。「いつもは手遅れなんですが、今回は間に合ってよかった」

和泉さんはポケットからアーミーナイフのようなものを取り出して、わたしの手足を縛っているバンドを切り離しにかかった。一方、奥田さんは床にのびている男の体を慣れた手つきで探る。

「殺したんですか」

「違いますよ。ちょっと眠らせただけです」

一瞬の投げ技といい、そこからの絞め技といい、素人《しろうと》ではない。奥田さんは男のポケットから財布を抜き取ると、中身を見てつぶやく。

「免許証によれば、木下という名前だそうですね。心当たりは？」

ある。わたしはうなずき、それから答えた。

「アイルックの元エンジニアです。音信不通になって会社を辞めたと聞きましたけど」

彼は、他社製のアプリであるホーンテッドナビに興味を持ち、ソースコードを覗き見ていた。加えて、スピスタの開発担当者でもある。いくつかの情報がわたしの頭の中で繋がっていく。

「スピスタには、ホーンテッドナビのサーバーに座標を送信する仕掛けがあったって言いましたよね」

「そうだよ。でもアプリ内には、その座標を使うような機能は何も」

「なくて当然ですよ。それはスピスタのためではなくて、ホーンテッドナビのために仕込まれたものだったんですから」

わたしは、ホーンテッドナビというアプリの存在や、その中で起きている怪現象のことなどを、ふたりに説明した。現にわたしの端末でも、行ったことのない心霊スポットの訪問履歴が表示されたこと。それがこの団地だったこと。奥田さんが、興味深そうにわたしの顔を見ていた。

「なるほど、続けて」

「スピスタも、ホーンテッドナビも、開発元は違いますが、同じ運営会社のアプリです。ということは、ふたつを同時にインストールするユーザーも多いはず」

そしてスピスタにログインすると、同時にホーンテッドナビへのログインもおこなわれる。ホーンテッドナビは、本来なら端末の位置情報を取得してサーバーに送信し、ユーザーがどの心霊スポットを訪れたのか判定しているのだろう。一方、スピスタに仕込まれたプログラムは、この団地の位置情報を固定で送信する。

「ちょっと待ってください」と、奥田さんが言った。「スピスタのログインパスワードを使って、違うアプリのログインＡＰＩを叩《たた》いても成功するはずが——あ」

「はい」

これを白状するのは気が進まないけれど、恥ずかしがっていても仕方がない。わたしは意を決して言う。

「わたし、それぞれのアカウントのパスワードを、同じ文字列にしてたんです」

そのものずばり「password」というパスワードにした。検証用のアカウントだし、ひょっとしたら他の人に教えたりするかもしれないから、わかりやすいほうがいいと思ったのだ。そう打ち明けたら、和泉さんは吹き出し、奥田さんは嘆息した。

「まあ、そういう人は多いかもしれませんね」

わたしのリテラシーの話はどうでもいい。わたしは続けた。

「要するに、いくつかの条件を満たしたときだけ、この現象が起きるということです。ある人物が、たまたまスピスタとホーンテッドナビとでパスワードを使い回していたときに限り、ログインが成功する。そうしたら、今度はホーンテッドナビのサーバーに団地の訪問情報が送られる。そのあとホーンテッドナビを開くと、訪問履歴にこの場所が追加されている。ホーンテッドナビのアプリを調べても異常は見つからない。原因はスピスタなんです」

スピスタのユーザーレビューには、アプリの立ち上がりに時間がかかるという不満が書かれていた。無関係なアプリのログイン処理を毎回、それも駄目元で試行されていたら、パフォーマンスに影響が出るのは当然だ。

「見覚えのない心霊スポットがアプリに表示される。ホーンテッドナビを使ってまで肝試しをするような人間の中には、実際に行ってみようと思う人間もいるでしょう。すると郵便受けに天津瑠依子の名前が見つかる。スピスタにまつわる噂を知っている人間なら、名前の意味に気づく」

「そして部屋に入ったところで、この男に襲われるというわけですか」

スピスタの開発担当だった木下は、アプリ内にこっそり秘密の機能を組み込んだ。例の、幽霊からのプッシュ通知というやつも、おそらく彼が手動で送信したのだろう。アプリ開発者ならプッシュ通知の配信サーバーにアクセスする権限も持っていたはずだ。

そうやって餌《えさ》をばらまき、引っかかったユーザーを、この部屋におびき寄せた。だが、なんのために？

「復讐《ふくしゅう》、じゃないでしょうか」

　わたしの心の中の疑問に答えるかのように、和泉さんが口にした。

「奥田さん、言ってましたよね。自分の作ったアプリで、意図しない使い方をされたら腹が立つって」

「たしかに言いました」

「この木下って人もそうだったんじゃないですか。自分が苦労して作ったアプリを、嫌がらせの道具にされたから怒った」

　そう聞いて、わたしは床に倒れている男の顔を見た。鎌田氏は彼を真面目なエンジニアだと評していた。それは本当にそうだったのかもしれない。だから、こんな方法を思いついたのか。彼は、怪談じみた現象を引き起こす小細工を、アプリに仕掛けた。悩みを解決するためのものであるはずのスピスタを、おもしろ半分の肝試しに使う、そんな人間たちに向けた罠《わな》として。

「いずれにしても、あとのことは警察に任せましょう」

「えっ、通報したんですか」

「部屋に踏み込む前に、念のため」

奥田さんは平然としていたが、わたしはといえば、もうニュース記事になるのはごめんだった。そう口にしたら、奥田さんはあっさりうなずいて、じゃあ、ずらかりますか、と言った。

わたしと和泉さんは顔を見合わせ、それからその言葉どおり、三人揃って団地から逃げ出した。徐々に近づいてくるサイレンの音を聞きながら、わたしたちはまるで脱獄囚か何かのように、闇に紛れて駅を目指した。

*

和泉さんが行きたがっていた店というのは、会社の近くにあるホルモン焼きの店だった。なぜここなのか尋ねると、彼は照れた様子で答えた。

「通勤途中に見かけて気になってたんだよ。でも、ひとりじゃ入りづらいだろ」

そうかもしれない。網の上の肉をつつきながら、わたしは笑った。

「例の案件、残念だったね」

「残念でもないですよ。こっちだってもう関わりたくないです。あんな目に遭って」

「ま、それもそうか」

彼の言う案件とは、もちろんスピスタのことだ。

わたしたちが逃げたあと、団地に踏み込んだ警察は、そこで気を失って倒れている木下を発見した。当初は強盗事件か何かだと思われたことだろうが、現場の部屋を調べるうちに、そうではないとわかった。スタンガンをはじめとする凶器や、手錠等の拘束具、果ては大量の睡眠導入剤。木下は被害者から容疑者に変わった。

「だけど、まさか本当に殺された人がいるとは」

逮捕された木下の供述に基づいて警察が捜査したところ、団地の付近にあるレンタル倉庫の中から、切断して容器に密閉された複数名の遺体が見つかった。彼らも、わたしと同じようにアプリ内の手がかりからあの場所にたどり着き、そこで襲われたのだろうか。直近の報道でも明らかにされていなかった。

「動機については何も話してないんだろう?」

「ニュースで言ってましたね。黙秘を続けているって」

あの夜、和泉さんが口にした、アプリユーザーに対する復讐という説も、果たして当たっているのかどうか。それにわたしは、もっと気になることを、アイルックの鎌田氏から聞いていた。

「アプリ内の誹謗中傷が原因で、霊能力者が自殺したって話」

「あれがどうかした?」

「嘘《うそ》だったらしいですよ。まったくの」

そう聞くと、和泉さんは目を丸くする。

「嘘って――」

「そんな事実はないそうです。天津瑠依子という名前の霊能力者も実在しないと」

鎌田氏が、スピスタの運営元から聞き出した情報だった。前に同じことを尋ねたとき、不自然に言葉を濁されたというのは、隠したい事実があったからではなく、その逆で、呆《あき》れるくらい事実無根の話だったから、相手にしたくなかっただけなのだとか。

「じゃあ、あの木下という人は、デマに踊らされてあんな事件を？」

「わかりません」

架空の噂話に影響されてしまった結果なのかもしれないし、最初から噂は関係なくて、事件の動機は別にあるのかもしれない。存在しない霊能力者の祟《たた》りとか、そんな話を持ち出さずとも、納得いく説明を作ることはできる。

ただ、あの目。団地の一室で、わたしを殺そうとしていたときの彼の目は、噂に流されている人間のそれではなかった。どす黒い情熱に取り憑《つ》かれて、一心不乱にそれを成し遂げようとしている人間の目だった。今でも夜中に思い出して、布団の中で震えそうになることがある。あれはいったいなんだったのだろう。

網の上で、牛の内臓が身をよじらせる。わたしはレモンサワーの残りを飲み干した。

その様子を眺めていた和泉さんが、不意に口を開いた。

「聞こうと思ってたんだ」

「何を、ですか？」

「あの夜のこと。多々良さんはどうして、わざわざ団地に行ったのか。どう考えたって怪しいし、なんのメリットもないのに」

わたしはグラスを置いて、和泉さんの顔を覗き込んだ。興味本位ではなく、かといって責めるふうでもない。彼を危険に巻き込んだ人間の責任として、答えないわけにはいかない。だから、わたしは正直に話した。

「末代までの呪いってあるじゃないですか」

「え？」

「たとえばの話です。田舎に、悪いことをしてお金持ちになった一族がいて、その裏では、殺されたり不幸になった人たちがたくさんいて。そういう人たちの恨みが重なって、ある時期から、一族の人間がひとりまたひとりと死んでいって——みたいな話」

「聞いたことはあると思う。昔話とか、小説とかで」

「うちの実家はそれなんですよ。わたしが、その末代なんです」焦《こ》げかけたギアラを箸《はし》でつまむ。「わたし以外の家族は、もうみんな死にました」

和泉さんは、お皿を持ったまま固まっている。無理もなかった。このことを赤の他人に打ち明けるのは、いつ以来だろうと思った。それでいいことがあった記憶もあまりない。

「より正確に言えば、末代になりたい、ってところですね。だってまだ確定してないので。今後、わたしに子供が生まれて、その子供に呪いが引き継がれることだってありうるでしょう」

「そうかな」

「わたし、それだけは絶対に嫌なんです」

そのことに気づいたわたしは、わざと危険な道ばかり選んで生きてきた。自衛官はちょっと迂遠《うえん》すぎてやめたが、山岳ガイドはなかなかスリリングだった。しかし雪山で迷子になろうが、崖《がけ》から滑落しようが、わたしは必ず生きて戻ってきた。

この呪いはわたしを逃してはくれない。意地でもわたしを生きながらえさせ、この血を途絶えさせまいとする。わたしは死ぬことばかりを考えるようになった。自殺の名所を訪ね歩き、あるいは、やくざや強盗に喧嘩《けんか》を売る。そんな生活の中で、偶然にも社長と出会った。

――うちの会社で二年働いたら、絶対に死ねる方法を教えてやる。呪いだろうとなんだろうと関係ない、最強のやつ。

「ねえ、和泉さんはどう思いますか。自分が死にたくても死ねない存在だって気づいたら、どうしますか」

何も載っていない七輪が、じりじりと熱を撒《ま》き散らす。騒がしい店内で、このテーブルの上だけは時間が止まったみたいに静かだ。和泉さんはずっと持っていたお皿を置くと、ビールを口に含み、それから答えた。

「前にも言ったけど、ぼくは死ぬのが怖い。だから、死にたくなったらどうするかなんて、今は考えられない。けど」

　言葉を探すように視線を泳がせながら、それでも和泉さんは、要領を得ないわたしの質問にきちんと答えようとしてくれた。

「この仕事をやっているとね、世の中のものはたいてい不完全なんだと思えてくるんだ。完璧《かんぺき》な設計だと思ってもどこかに見落としがあったり、逆に、穴だらけの危険なシステムが、役所や大企業でも平然と使われていたりする」

「つまり？」

「つまりさ、多々良さんが自分で思っているほど、救いのないことはないんじゃないか、ってこと。この世界は複雑そうに見えて実は単純なのかもしれないし、厳密なようで結構いい加減なときもある。自分で自分を追い詰めることはないんだ」

「わたし、別に追い詰めてるわけじゃ――」

「それにほら、一個ずつだとなんでもないものが、組み合わせたら意外な結果になることもあるって、今回わかっただろ」

スピスタとホーンテッドナビみたいに。それぞれは平凡であっても、ふたつをくっつけた途端、不可思議な現象を引き起こす。そういうものが、この世にはある。

「ひとつの手段が駄目なら、ふたつ。それも駄目なら、三ついっぺんに。どんな呪いだって、束になった人間の悪知恵にはかなわない。ぼくはそう信じてるから」

　わたしはちょっとだけ我慢して、それから思わず笑った。たとえ相手が自然の摂理であっても、テクノロジーで踏み越えられると信じているのはエンジニアらしい。だけど、その技術を人間の悪知恵と呼ぶのは、和泉さんらしいと思った。

「じゃあ、一緒に探してくれますか？」

「ん？」

「呪いを消し去る方法。この際、どんなハックでもいいです。人生最後の日にわたしが勝ったと思える、そんな方法がひとつでもあればいいんですけど」

「もちろん」と、和泉さんはうなずいた。「課題を解決するのがぼくの——ぼくたちの仕事だから」

　おかしな人たちのいる、おかしな会社。ピーエム・ソリューションズのことは、そんなふうに思っていた。その印象は今も変わっていないけれど、わたしはいつの間にか、この仕事が好きになっていた。わたしにとって仕事とは、人生の残り時間を減らす手段でしかなかったはずなのに。

社長の言葉の真偽がどうであれ、わたしは二年後にこの会社を去る。でも、それが今はちょっとだけ、名残惜しいような気もしている。

ヤリモク

YUKI SHINICHIRO

結城真一郎

結城真一郎　Shinichiro Yuki

1991（平成３）年、神奈川県生れ。東京大学法学部卒業。2018年、『名もなき星の哀歌』で新潮ミステリー大賞を受賞してデビュー。'21（令和３）年、「＃拡散希望」で日本推理作家協会賞（短編部門）受賞。ほかの著書に『プロジェクト・インソムニア』『＃真相をお話しします』などがある。

というわけで、僕は〝お持ち帰り〟しようとしている。

当たり前だが、ファストフード店のハンバーガーセットでも、最近テイクアウトを始めた居酒屋の弁当メニューのことでもない。

もちろん、女の子を、だ。

男というのは愚かなもので、ここまでくると途端にすべてがどうでもよくなってしまう。一軒目のクラフトビール専門店の会計も、二軒目のバーのお代も、その後のタクシーの運賃も。そこへ至るまでにどれほどの金と時間と労力を費やしていようが、どれも必要な手続きであり、やむを得ない犠牲――そう折り合いをつけることができてしまうのだ。

「あー、さすがに飲みすぎちゃった」

そんな男心を知ってか知らずか、タクシーを降りるなりマナが腕を絡《から》めてくる。九月も下旬になり、肌寒さが増す今日この頃。時刻は夜中の一時半を回っていた。

寝静まった住宅街は、まるで別世界だ。夜空から降ってきた束《つか》の間《ま》の安息と明日への希望、もしくは一抹の憂鬱《ゆううつ》。それらがマリンスノーのようにしんしんと町角に積もっていく。そんな〝深海底〟に、僕は女の子と二人きり。

――いや、いい歳《とし》して何やってんだか。

三十二歳、独身。彼女はそう信じているが、実際は四十二歳、妻子持ち。罰当たり、という言葉とともに娘の顔が脳裏をよぎる。嗚呼《ああ》、愛する美雪《みゆき》よ。こんなパパをどうか赦《ゆる》しておくれ。いや、もちろん悪いことをしてるっていう自覚はあるんだ。本当だよ、嘘《うそ》じゃない。だけど、ここまできておいて引き返すのは「据《す》え膳《ぜん》食わぬはなんとやら」でさすがに無理ってもんさ。嗚呼、愛する美雪よ。こんなパパをどうか赦しておくれ――

どれだけ胸の内で唱えても、その釈明が本人の耳に届くことはない。だから、せめてもの償いとして「水でも買う？」とマナに問う。

「ううん、もうすぐそこだから平気」

「あ、そう」

と言いながら、僕は気付いていた。酔ったふりをしているだけで、彼女はまったくの素面《しらふ》だということに。なぜか？　見てしまったからだ。タクシーを降りるときにその顔面に貼《は》りついていた、こちらの背筋がうすら寒くなるほどの冷めた表情を。

「ねえ、こういうことするの何回目？」

腕にぶら下がるマナが、先ほどの〝能面〟がまるで嘘のような甘ったるい上目遣いを寄越す。「こういうこと」とは要するに「マッチングアプリでその日に出会った女とそのまま一夜を共にする展開になること」を指すのだろう。初めてだよ、というのはさすがに見え透いた嘘だし、百回以上、なんてボケるのも子供じみているので、正直に答える。

「七回目、かな」

「えー、数えてんの？」

マジやばいチャラーいとはしゃぎながら、彼女はさらに身を寄せ、これ見よがしに豊かな胸を押し当ててきた。あまりにあざとすぎるというか、こういうのが男は好きなんでしょと鼻で笑われているようにも思えて、ほとほとうんざりする。こんな破廉恥《はれんち》な姿、この子の親が見たら何て言うだろう。同じことを愛する美雪がどこぞのおっさん相手にしていたらと思うと、不愉快すぎて吐き気すら催すレベルだ。

大通りから横道に入り、三十秒ほど進んだところでマナは足を止めた。「着いた、ここでーす」と彼女が指し示したのは、小奇麗でこぢんまりとした建物だった。面構《つらがま》えはいまどきのデザイナーズマンション——地上五階建て、戸数は全部で三十くらいか。ガラス張りのエントランスは洗練されていて、築年数はそれほど経《た》っていないように見受けられる。二十代ＯＬの一人住まいとしてはハイクラスな部類だろう。

エレベーターで四階に上がり、手前から四つ目の４０４号室へ。見た感じ、特に表札などは掲げられていない。片付けるから三分だけ待ってて、的なことを言われるかと思いきや、そのまま玄関へ通される。

「どうぞ、入っちゃって」

「お邪魔します」

間取りはごく一般的な１Ｋだった。入ってすぐの右手がバストイレになっていて、左手がキッチン、その手前にはドラム式の洗濯乾燥機。きちんと整理整頓《せいとん》されていると言えば聞こえはいいが、全体的に物が少なく、どちらかと言うと〝殺風景〟のほうが表現としては近いだろうか。

「狭いから、くつろげないかもしれないけど――」

八畳ほどの部屋でまず目を引くのは、正面の大きな窓――いまはアイボリーホワイトのカーテンが閉められているが、日中の日当たりはかなりよさそうだ。壁紙もカーテンと同じく白で、向かって右手の壁際《かべぎわ》にシングルベッド、その上の天井付近にはエアコンが一台。就寝中に地震が起きたら、と他人事《ひとごと》ながら心配になる。向かって左手には、写真立てや植木鉢、畳まれた衣服、洗濯籠《かご》などが並んだスチールラック、液晶テレビが載ったローボード、大きめのウォーターサーバー、そして全身鏡。フローリングの床はこの季節だと少々寒いだろうが、部屋の中央に敷かれた円形のラグは白い毛が長くふわふわしていて気持ちよさそうだ。その上にはティッシュ箱が置かれた丸テーブルと、側面に小《こ》洒落《じゃれ》た筆記体で『KEEP CLEAN USE ME』と書かれたアルミ製のダストボックス、それからソファ代わりと思《おぼ》しき巨大なビーズクッション。たしかに広くはないものの、ホワイト系統で揃《そろ》えられた家具がうまく空間に調和し、センスの良さが端々に窺《うかが》える。

「とりあえず好きにかけて。あ、それ預かるよ」

　僕の上着とハットを手に、マナが部屋から姿を消す。玄関脇《わき》の衣装棚にでも掛けておいてくれるのだろう。指示に従い、とりあえずビーズクッションに尻《しり》を埋める。ダストボックスに手が届く距離だったので特に理由もなく引き寄せて覗《のぞ》いてみると、中には潰《つぶ》れたチューハイの空き缶が一つ。昨夜晩酌でもしていたのだろうか。

　手持無沙汰《ぶさた》なので改めて室内を見回してみる。ベッドは綺麗《きれい》にメイキングされており、枕元《まくらもと》には無造作に投げ出された何もささっていない電源タップ——と、ここでスマホのバッテリーが切れかけていたことを思い出す。朝までこの部屋ですごす気はさらさらないし、それならばいまのうちにできるだけ充電しておくべきだろう。浴室に向け「コンセント借りてもいい？」と投げかけると、すぐさま「いいよー」と返ってきたので、持ち歩いている充電コードを電源タップに挿し、スマホを接続する。ふと画面を見やると「メッセージ1件　奈々子」の通知——妻からだ。今夜は遅くなると前もって伝えてあるので、おそらく『おやすみ』とか『晩御飯の残りは冷蔵庫』のようなたわいもない連絡だろうが、こんな時間に未読を貫くのはまずいのでとりあえずメッセージを開いてみると――

「美雪は今日もかなこちゃんの家に泊まるって」

その瞬間、たちどころに不愉快な記憶が甦《よみがえ》ってくる。

忘れたくとも忘れられない〝ある場面〟――それはいまから半年ほど前のことだった。

――ねえ、ちょっとこれ見て。

神妙に眉《まゆ》を寄せ、何やら思いつめた様子で話しかけてきた妻・奈々子《ななこ》の手に握られていたのはルイ・ヴィトンのショルダーバッグだった。サイズは小ぶりながら、丸みを帯びたフォルムが可愛《かわい》らしく、それなりに値の張る一品であることは想像に難くない。

――これ、美雪の部屋にあったの。

と言われても、この時点では正直ピンと来ていなかった。美雪は今年大学三年生になるが、年頃の女の子だし、ブランド物の一つや二つ持っていても別に不思議ではない。

それなのに、何をそんなに――

――いくらすると思う？

その直後、妻の口から放たれた法外な金額に思わず目を剝《む》いてしまう。

――しかも、これだけじゃないの。

連れ立って美雪の部屋を訪れた僕は、ただただ絶句するしかなかった。そこかしこに溢《あふ》れ返るブランド品の山、山、また山――

――あなた、覚えてる？　この前、美雪が失《な》くしたって大騒ぎしてたピアスがあったの。

言われて思い出す。たしかに数日前、洗面所で何やら美雪が大騒ぎしていた。ピアスが片方見当たらない、どこかで見かけなかったか、と。

――あれだって、ブルガリのやつで十万ちかくするのよ。

騒ぎの中で「何かがおかしい」と察した妻――だからこそ、美雪が家を空けている今日このタイミングで、たまらず家宅捜索を実施したのだとか。

――学生がバイトで買える域を超えてるでしょ。

続けて彼女の口から語られたのは、思わず耳を塞《ふさ》ぎたくなるような推測だった。曰《いわ》く、美雪はパパ活――経済的に余裕のある男性と一緒の時間を過ごし、対価として金銭を得る行為をしている可能性があるという。

――この前、スマホを弄《いじ》ってるところを後ろから覗いてみたの。

そのとき見えてしまったのだそうだ。次々画面に表示される男性の写真を、あるときは条件反射的に、またあるときは少し悩んだ挙句、右に左にスワイプしているところが。

――マッチングアプリ、だと思う。

そういったアプリがあることは僕も認識していたし、それらがまっとうな出会いのためだけに使われているものではないということも、知識としては知っていた。一夜限りの遊び相手を漁《あさ》る者、経済的に援助をしてくれる〝パパ〟を探す者――だが、よりによって美雪が？　ありえない。信じたくない。赤ん坊のときなんて地上に舞い降りた天使としか思えなかったし、小学校の授業参観で他の子たちが親の存在を無視する中、美雪だけが「うちのパパ」って同級生たちに自慢げに紹介してくれたのは正直鼻が高かった。中高時代にいっときの反抗期はあったものの、いまでは一緒にショッピングへ出かけることもある。小遣いだっておそらく人並み以上には渡しているはずだ。なのに、それなのに、あろうことかそんなふしだらなことに手を染めるなんて――

――最近、外泊とか朝帰りする頻度が増えてるでしょ。

やめてくれ。それ以上、聴きたくない。

――どうしたら、やめさせられるかしら。

――直接注意しても言うこと聞かないだろうし……

舌打ちと共にスマホを放ったところで、マナが部屋へ戻ってきた。

化粧はそのままだったが、寝間着姿になったせいで無防備感が増しており、否《いや》が応でもこの後の展開を意識せずにはいられない。

「とりあえずシャワー浴びてきたら？」

いきなりの提案に、思わず「え？」と聞き返してしまう。予想外の急展開――ムードもへったくれもあったもんじゃないが、むしろ話が早くて助かると言うべきだろうか。無意味な会話に時間を費やすのは億劫《おっくう》だし、やることだけやってさっさとお暇《いとま》できるのだとすれば、こちらとしては願ったり叶《かな》ったりだが――

そんな僕の〝打算〟を察したのか、彼女はややバツが悪そうに話を変える。

「あ、コーヒー淹《い》れるけど、いる？」

そう訊《き》いてきたものの、特に返事を待つこともなく、彼女は手にしていたカップにウォーターサーバーから湯を注ぎ始めた。カップからもうもうと立ち昇る湯気――酔っているときは水の方がいいのではと思わないこともなかったが、わざわざ口を挟むような話ではない。そういや、そもそも彼女は酔っていない可能性が高いのだった。

「コーヒーはいいや。シャワー浴びてくるよ」

「タオルは洗濯機の中に入ってるから」

部屋を出て玄関脇のドラム式洗濯乾燥機の中を覗き込むと、乾燥を終えたと思しきタオルが二枚――指示通りそのうちの一枚を手に浴室へ。「トイレするなら座ってしてね」という注意を聞き流しつつ、後ろ手に扉を閉める。

――さて、と。

ようやく一息つける瞬間――まだ〝最後の大仕事〟が残っているとは言え、ここまで来てしまえばあとは流れ作業みたいなものだ。まったく気分の高揚がないと言うと嘘にはなるけれど、お持ち帰りできるか否かの攻防戦の最中と比べたら、分泌《ぶんぴつ》されるアドレナリンの量などたかが知れている。ただ、それにしても――

思い返すと、今日はピンチというピンチがほとんどなかった。強いて言えば、二軒目のバーで最近世間を騒がす『マッチングアプリ殺人事件』の話題が出たときに雲行きの怪しさを感じたくらいで、基本的には最初から最後までお持ち帰りコース一直線。ほぼ完璧《かんぺき》な立ち回りだったと言えるだろう。一日の労をねぎらうように大きく伸びをすると、度の入っていない黒縁メガネとマスクを外す。妻子ある身でもあるし、若い女と歩いているところを誰かに見られたら事なので、こういうときは常に変装するようにしていた。

浴室にはバストイレのほか、システム洗面化粧台が一つ。洗面器の周囲にはメイク落としや化粧品の類《たぐ》いがいくつかと、コップに立てかけられた歯ブラシが一本、中身が減ってひしゃげた歯磨き粉のチューブ、そしてヘアセット用のストレートアイロンが無造作に置かれているだけ。ごく一般的な女性一人暮らしの洗面台だ。なんとなく化粧台備え付けの収納棚も開けてみるが、ドライヤーにヘアスプレー、香水が並んでいる以外、特に目を引くものは何もなかった。

裸になると鏡の前に立つ。緩くパーマがかかったセミロングの茶髪に、四十路《よそじ》とは思えない引き締まった肉体。一回り半ちかく歳が離れた女の子の目にも、そこそこ魅力的に映るのは間違いない。それは重々承知しているのだが。

——何だろう、この感じ。

上手《うま》くいきすぎているというのも、もちろんある。だが、それだけじゃない。もっと根源的で、得体のしれない〝違和感〟——しかし、その正体が摑《つか》めない。

思索にふけりながらバスタブに入りシャワー栓を捻《ひね》ると、眼前のシャワーヘッドから迸《ほとばし》った冷水が顔を直撃し、驚きと冷たさのあまり「ひっ」と声を出してしまう。

——ったく、しっかりしろ。

温度調節ハンドルを回し、スライドバーでシャワーヘッドの高さを下げながら、落ち着け、落ち着け、と何度も言い聞かせる。何もない、考えすぎだ、馬鹿馬鹿《ばかばか》しい。そう無理矢理納得しようとすればするほど、釈然としない感覚は強まるばかり。

というわけで、いまいちど僕はここまでの流れを振り返ってみることにする。

＊

待ち合わせは二十時、ＪＲ恵比寿《えびす》駅西口の改札前だった。

「着いてますか？」とアプリのメッセージ機能で送ると、すぐに「はい、黒のニットセーターです」と返ってくる。プロフィールによると、身長は一五二センチ。アップされている画像が最近のものだとすれば、髪型は派手でカーリーなショートボブのはず――

――あれか。

すべての特徴に合致する女の子が一人だけ見つかる。

「マナさん、ですか？」

おもむろに歩み寄り、声をかける。アプリ上のハンドルネームは『Mana』となっていたが、もちろん本名という保証はないし、本名でなかったとして何か支障があるわけでもない。スマホから顔を上げると、彼女は小さく微笑《ほほえ》みながら会釈《えしゃく》してきた。真っ白な肌に映える泣きぼくろと、綺麗に通った鼻筋が印象的だ。

「ケント……さん？」

もちろん僕だって『Kento』というのは偽名だし、何かの折に本名がバレないよう、身分証の類いはすべて家に置いてくるようにしている。いまからしようとしていることを考えれば、それくらいのリスク管理は当然だ。

「初めまして、待たせてしまってすみません」

「いえいえ、今日はよろしくお願いしますね」

年齢は二十三歳とのことだが、肌や髪の質感から判断するにほぼ実年齢と見ていいだろう。プロフィール画像よりもいくぶんふくよかに見えるものの、「詐欺《さぎ》だ！」と糾弾すべきほどではなく、むしろ身体《からだ》に張り付くようなぴっちりしたニットのセーターとタイトな膝丈《ひざたけ》スカートのせいで胸や尻の曲線が強調され、控え目に言ってもかなりそそるルックスをしている。化粧が濃いところは個人的にマイナスながら、アイライン強めの大きな瞳《ひとみ》に流行《はや》りの太眉、腫《は》れぼったい唇はいかにも遊び慣れていそうだし、それよりなにより――

――美雪にそっくりだな。

思わず苦笑してしまう。髪型や背格好がほぼ同じだからだろうか、全体的な雰囲気は瓜《うり》二つレベルで似ていると言っていい。毎回あえて似ている子を選んでいるのだから「何をいまさら」という感じではあるのだが、やはりなんとなく気恥ずかしくなる。

要するに、何が言いたいかというと。

――当たりだ。

出会って数秒のうちに、そう結論づけていた。ここ何件か「思ってたんと違う」が続いていたこともあり、いやでもモチベーションは上がっていく。

「それじゃ行こうか」

「はい、楽しみです」

僕とマナを繋《つな》ぐ架け橋となったのは『TiAmo』――リリースから一年で業界ナンバ

ーワンまで登り詰めた、いま最も勢いのあるマッチングアプリだ。登録ユーザー数は一千万人を超え、これを通じて出会いそのまま結婚したカップルも数多いという。その最大の特徴は〝デートまでの手軽さ〟――というのも、マッチング後は基本的にアプリの示す手順に身を任せていれば、店選びから日程調整、席の予約まで完了してしまうからだ。言い換えると、自己紹介などの定型的で煩雑《はんざつ》なやり取りなしに、いきなりデート当日を迎えられるということでもある。

かくいう僕らもアプリが提示したお店――『CHIDORIASHI BEER WORKS』なるクラフトビール専門店をそのまま承認し、今日のデートが成立した形だった。互いにプロフィール情報で『お酒を飲む頻度：しょっちゅう』を選択のうえ、好きなお酒で『ビール』を一位にしていたのも、この店がチョイスされた理由の一つかもしれない。

「いらっしゃいませ。二名で予約のスズキさま、ですね」

そんなこんなで、たわいない雑談をしているうちに店へ到着。スムーズに奥のカウンターテーブルへと案内され、L字の角で斜めに向かい合う形になる。特に考えもなしに座ろうとすると「わたし左利《き》きなので」と僕の左斜め前の席に陣取る彼女――なるほど、グラスをとる際に互いの腕がぶつからないための配慮だろう。些細《ささい》なこととはいえ、こういうところは加点要素だ。

「ケントさんはよくお酒飲むんですか？」

「うん、まあ。強くはないけど好きかな」

腰を下ろしながら、ハットとマスクを取る。ほとんど素顔を晒《さら》すことに若干の抵抗はあるものの、ここは腹を括《くく》るしかない。

「えー、ぱっと見めっちゃ強そうなのに」

「逆にマナさんこそ、飲み会とかたくさんしてそうに見えるけど」

「遊んでそうとはよく言われますけど、全然そんなんじゃないですよ」

中身がなさすぎて笑ってしまいそうになるが、こういった非生産的なやりとりをおろそかにしてはいけない。地道で泥臭いキャッチボールの積み重ねが、クライマックスにかけてじわじわと効いてくるのだ。

「それじゃあ、乾杯」

「おつかれさまでーす」

ちん、という軽快な音とともに切られる戦いの火《ひ》蓋《ぶた》——と言っても、普通のデートと何かが変わるわけではない。美味《おい》しいご飯やお酒の力を借りつつ、会話を通じて距離を縮めていくだけ。というわけで、例によって序盤戦は〝聞き役〟に徹し、まずはジャブとして出身地を訊いてみることにする。

「マナさんは、関東の人なんですか？」

「いえ、生まれは福島県なんです。で、高校卒業と同時に上京してきて——」

都内の某女子短大へ進学（どこかは内緒でーす、だそうだ）、現在は衣料品を扱うとある専門商社（これもどこかは秘密、とのこと）で経理事務を担当する社会人三年目。職場は恵比寿にあって、今日は仕事終わりにそのまま来たという。

「あ、わたし寝癖とかついてないですか？」

「ん、いや、別にないけど……どうして？」

「今日、一時間半くらい寝坊しちゃって。本当にギリギリだったんで、髪のセットと最低限のメイクだけして飛び出してきちゃったんです」

本人は気にしているようだが、毛先にかけてS字を描くよう動きを付けた、通称「Sカール」と呼ばれるスタイリングはばっちり決まっており、柔らかでガーリーな印象を演出するのに一役も二役も買っている。自前でこのスタイリングができるのだとすれば、かなりの腕前と言っていい。

「ていうか、そしたら普段は化粧と髪のセットに一時間半も？」

「まさか！　メイクなんていつも五分くらいです」

「じゃあ、他に何を？」

「朝ごはん食べたり、ストレッチしたり、寝起きの白湯《さゆ》を飲んだり――」

「寝起きの白湯？　モデルみたいですね」

「おすすめですよ。美容や健康にいいって言いますし。でも、さすがに今日はお湯を沸かす時間もなくて、飲まず食わずで飛び出してきました。起きてから家を出るまで十分もかからなかったんですよ、凄《すご》くないですか？　ただ、そのせいでけっこうお腹空《なかす》いてます」

　それにしてはメイクがばっちりだね、という意地悪な突っ込みが脳裏をよぎるが、もちろん口には出さないし、昼休みや業務後などいくらでも時間はあるなと思い直す。

「まあ、それならどんどん食べて」

「じゃあ、お言葉に甘えて」

　そこからしばらくは彼女の日常生活に対するこだわりが話題の中心になった。どんなに疲れていても帰宅したら絶対にメイクは落とすし、そのままの服装でベッドにダイブするなど論外中の論外。寝ている間に洗濯物は回しておき、朝の時点で乾燥まで終わっていないと気が済まない。シャンプーやリンスはボトル底面のぬめりが気になるのでこまめに洗っている、などなど。それがどうしたと聞かれると困るのだが、神経質かつ几《き》帳面《ちょうめん》で意外としっかりしているタイプではあるようだ。

「趣味とかは？」

「いちおう『カフェ巡り』『映画鑑賞』『ジム通い』ってことにしてますが――」

　ジムは少々サボり気味。その代わり最近は自炊に凝っていて、白身魚のムニエルを一から自作してみたり、土鍋《どなべ》を購入してごはんの炊《た》き方にこだわってみたり、とにかくいろいろとチャレンジしているらしい。

「料理とか全然やらなそうに見えるから、意外だな」

「そうですか？　よかったら今度手料理作りますよ」

「――え？　ああ、そう。ありがとう……」

　料理が趣味だという女の子に「いつか手料理食べたいなぁ」と噴飯ものの合いの手を入れる男はままいるが、まさか向こうから「作りますよ」とは予想外だったので、少し面食らってしまう。しかも、まだ店について二十分ほどしか経っていない。幸先《さいさき》がいいと言えばそれまでだが、若干の引っ掛かりを覚えたのも事実だ。

「きょうだいは？」

「当ててみてください」

　という人生でもっとも興味のないクイズには「お兄ちゃん」とろくに考えず回答。正解は三姉妹とのことで（わかるか、そんなの）、彼女は末っ子、二人の姉はともに結婚していて子供もいるらしい。

「叔母さんなんです、わたし」

　むくれたように笑うと、流れるような手つきでボタンを押し、店員を呼ぶ彼女――見ると、いつの間にかグラスが空いている。飲むペースは割と速そうだ。自分も残りのビールを飲み干しつつ、アイスブレイクはだいたい済んだと判断し、ここからさらに一歩踏み込んでみることにする。

「上京してきたってことは、いまは一人暮らし？」

訊き方とタイミング次第では「下心あり！」との烙印《らくいん》を押されかねないが、お酒も進んでいるみたいなので問題ないだろう。

「そうですね」

「最寄り駅は？」

「自由が丘です」

出身短大も勤め先も秘匿《ひとく》したのに住まいは詳《つまび》らかにするのか、と苦笑しつつ、この後の展開をシミュレートしてみる。自由が丘なら恵比寿からタクシーで割とすぐなので、ホテルではなく、彼女の自宅に転がり込むという選択肢も視野に入れておくべきだろうか。まあ、事に及ぶ場所がどこかは特にこだわらないので、最終的には相手の出方とその場の雰囲気次第なのだが——

「あ、いま考えたでしょ？」

「何を？」

「恵比寿から近いなーって」

頬杖《ほおづえ》をつきながら見透かすように目を細める姿は、店の暗がりも相まってやけに大人びて見えた。娘の美雪と同世代のくせにこんな色気を醸《かも》しだせるなんて、いままでにどんな修羅場をくぐってきたんだと勘繰りたくなるが、なんにせよこれは〝試されている場面〟——変に否定するより、素直に乗っかるべきだろう。

「うん。部屋の壁が薄くないといいな、とも思った」

「うーわ、最低。チャラい！」

わざとらしく眉を顰《ひそ》め、口を尖《とが》らせるマナ——しかし、こちらに向けられる視線はやけに熱っぽく、そのせいで僕は彼女のことがよくわからなくなる。第一印象は遊び人ですぐにヤレそう以外の何ものでもなかったが、日常生活へのこだわりを聞くと、意外と真面目《まじめ》で几帳面なのかもしれないと思い直していた。そうかと思えば、こういった下世話なやりとりも守備範囲で、意味深な熱視線まで送ってくる始末。いったい、どれが彼女の〝本性〟なのだろう。

店員がオーダーを取りにきたところで、いったん会話が途切れる。スマホで時刻を確認すると、二十時半——ここまでの展開を振り返ってみるが、出会って三十分としては及第点だろう。

というわけで、さらにギアを上げることにする。

「マナさんはこのアプリでもう何人か会いました？」

店員が立ち去るなり、単刀直入に訊いてみた。

「まあ何人かは」

「どうでした？」

「割とみんないい人でしたよ。イケメンもいましたし」

「そのイケメンとは、どうにもなってないんですか？」

「どうにも？」

「付き合うとか」

「あー、それはないですね」

それはない。

交際はしないが寝るくらいなら、と言外に匂《にお》わせているのだろうか。

――とんだじゃじゃ馬だな、おい。

とはいえ、さすがにこれにはテンションを上げざるを得ない。

「じゃあ、それ以外のことはあった、と？」

「まあ、そりゃわたしだってオトナですし」

ふふっと挑戦的に微笑む彼女を前に、内心「ビンゴ！」と快哉《かいさい》を叫んでしまう。面白いくらいに予想通り――というのも、実はプロフィールページを見るだけである程度は会う前に相手のタイプを類推できるからだ。事実、そうしてスクリーニングをかけているおかげで僕のお持ち帰り成功率は割と高いと言える。これまでに九人会い、うち六人を連れ出せているのだから、戦績としてはそれほど悪くないだろう。

「ケントさんこそ、そういうことたくさんしてるでしょ？」

「いやいや、全然。まだ始めて半年だし」

肝心の見分け方だが、例えば自己紹介文――ここに休日の過ごし方や趣味、理想の男性タイプなどを長々書き連ねている系は持ち帰りには適さないことが多い。積極的な自己開示は、真剣な出会いを求めていることの裏返しだからだ。それでいくと、マナの自己紹介文はシンプルで『基本暇してます。ぜひ飲みましょー！』のみ。こういうタイプは割り切り型で「楽しく飲めればなんでもいい、最終的に寝るのも辞さない」という子に当たる確率が比較的高いと言える。また、プロフィール画像を何枚もやたらと上げている系もＮＧで、自己愛の強さゆえに面倒な性格であることが多いのだが、彼女の場合は正面のアップが一枚だけ。これらを勘案し『比較的持ち帰りやすい系』と踏んでいたのだ。

「ケントさんなら、半年でもたくさん抱けるでしょ」

「そんな発言、お父さんが聞いたら泣いちゃうよ？」

「大丈夫、家に帰った時はめちゃめちゃ良い子なんで」

その後もこんな感じの下世話な会話を繰り返し、思い出したように酒を飲んでいるうちに、気付いたら時刻は二十三時を回っていた。

「いったん出ようか」

「ですね」

ひとまず会計を済ませる。レシートによると二人で計十杯。なかなかの量だが、ちょうどよく酔いも回っている頃合いだろう。さて、問題はこの後だが——

「もう一軒、行きましょうよ」

店を出るや否や、すかさず腕を絡めてくる彼女——本来なら拍手喝采《かっさい》、万歳三唱のシチュエーションのはずが、ここでも一抹の疑念が脳裏をかすめてしまう。あまりに展開がスムーズすぎるからだ。少なくとも、牽制《けんせい》のために終電の時間を確認する素振りくらいは見せるべき場面ではないか。男として自分がそれなりに魅力的なのは理解しているが、ここまで積極果敢な子は初めてだった。

「よさそうなバーがあるらしくて、そこでもいい？」

「もちろん。てか、凄い筋肉ですね。鍛えてます？」

「いや、まあ人並み程度かな……」

上腕部から胸板を順に撫《な》でるその手つきにはあまりに照れや躊躇《ためら》いがなさすぎて、むしろ興ざめに感じてしまう。「いつもそうやって男を弄《もてあそ》んでるでしょ？」なんて軽口をたたくのも憚《はばか》られるほどだ。

「それに、背も高いんですね」

やや高さのあるパンプスを履いているとはいえ、それでも三十センチちかい身長差

——僕のハットを取ろうと背伸びをしても、彼女の手はぎりぎり届くかどうかだった。

こんな風に戯《たわむ》れる姿も一般的には愛くるしいのだろうが、やはりどこか演技っぽく見えてしまう。

「少し歩くけど、いい？」

「もちろん大丈夫でーす」

それから五分も経たないうちに、当たりをつけていたバー『Le Peu』へ到着——こういう展開になった時、世の男性は自称行きつけのバーとやらに〝どや顔〟で連れていくことが多いと聞くが、僕の場合はむしろ逆で、一見《いちげん》の客として初めての店に乗り込むのがほとんどだった。無論、マスターに顔を覚えられるリスクを可能な限り減らすためだ。

雑居ビルの地下一階にあるそのバーは知る人ぞ知る隠れ家として有名で、なんといってもその最大の特徴はカウンター席——なんと、備え付けの「幌《ほろ》」で覆《おお》い隠すことで隣の席から完全に二人の空間を遮断できる造りになっているのだ。適度に抑えられた照明も相まって、まさにクロージングにはもってこいの環境と言えるだろう。

「え、これもう完全にそういうお店ですよね」

店内に足を踏み入れるや否や彼女は呆《あき》れたように笑ってみせたが、その口調はどちらかというと楽しげだ。ちらっとこちらへ視線を寄越したマスターは「心得ております」

と密約を交わすように頷《うなず》くと、黙ってカウンター端の二席を示してくれた。互いの利き腕を考慮して、ここでも僕の左に彼女が陣取る形になる。

「ぜひ、そちらもお使いください」ということで、席に着くなり噂の「幌」でさっそく席を覆ってみることにした。既に十分すぎるほどムードに満ち満ちた店内にて、おもむろに切り取られる〝二人だけの空間〟――なるほど、たしかにこれなら自然と距離は縮まるに違いない。それはもちろん精神的にというだけでなく、肉体的にも。

「なんかキャンプみたい。したことないけど」

「たしかに、言われてみれば」

「よくこんなお店知ってるね」

「ああ、前にお客さんから聞いたことがあって――」

「ってか、わたしばっかり話しててケントさんのこと全然聞いてない」

美容師なんですよね、と小首を傾《かし》げる彼女に「そうだよ」と頷き返す。

「小さいけどいちおう店を二つ持ってるんだ」

「えー、オーナーなんだ！　若いのに凄いね」

若い――というのは彼女のまったくの誤解で、僕は今年で四十二歳になるれっきとしたおっさんだが、もともと童顔なうえに髪も染めているし、肌のケアや体形などに気を遣っていることもあり、十歳若く申告しても疑われることはまずない。事実、アプリには三十二歳で登録しているが、今のところ誰からも疑義は呈されていなかった。まあ、仮に変だなと思っても「サバ読んでますよね」とは言えないだろうが。

「彼女とか作らないんですか？」

「うん、別に」なんてったって、妻子持ちだ。

「モテそうなのに」

「そう見える？」

「うん、話すの上手だし、背も高いし。何センチですか？」

「一八六センチくらいかな」

「わあ、おっきい」

ここで一杯目の酒が揃う。彼女がジントニックで、僕はラフロイグ十年のロックだ。

「それじゃあ」

「乾杯」

小さくグラスを交わし、また夜は更《ふ》けていく。

本音を曝《さら》け出すのにはもってこいの薄暗い照明、棚に並べられた酒瓶の数々、かすかに聞こえてくるジャズミュージック。そんな店の雰囲気に当てられてか、ここでのトークテーマは一軒目よりもディープなものが多くなった。過去の恋愛にまつわる失敗、忘れられない元カレ・元カノのエピソード、そしてこのアプリを始めようと思った理由。

「わたし、腹立って仕方ないんですよね。『友達の紹介で始めてみました』とか、『使い方がまだよくわかってませんが』とか、そういう言い訳を必死に自己紹介文に並べる女――なんか『わたしは全然その気ないんですけど』みたいでダサくないですか？　友達の紹介だろうとなんだろうと、始めるって決めたのはお前だろって思っちゃって」

　酒が回ったせいか、一軒目よりいくぶん彼女は饒舌《じょうぜつ》だ。

「それじゃあ、マナはその気があって始めたってこと？」

　口ぶりからしてそうなるはずだが、これに対し彼女は「うーん、どうなんだろう」と呟《つぶや》いたきり黙り込んでしまった。無理して会話を継ぐ必要はないので、僕も黙ってちびちびウイスキーを舐《な》めることにする。

　しばしの沈黙。やがて彼女はぽつりとこう呟いた。

「ただ、いつまでこんなことしてるんだろうって、たまに虚《むな》しくなるんだ」

「こんなこと、というと？」

「アプリでイケメン漁って、適当に飲んで刹那《せつな》的に楽しむ、みたいなこと」

　ぼんやりと中空に視線を泳がすその横顔は、やはり艶《つや》やかで色っぽい。

「別に悪いことでもないと思うけど」

「そうだけどやっぱ虚しくはなるよ」

　それに、と彼女は手元のグラスに視線を落とす。

「ちょっと怖いじゃん。ほら、ヤバい事件とかあるし」

「事件？」雲行きの怪しさを瞬時に嗅《か》ぎ取る。

「アプリで出会った女の子を殺しちゃうやつ」

——ああ、神よ。さすがにこれはあんまりでしょう。

それは、ここ半年ほど世間を賑《にぎ》わせている連続殺人事件のことだった。被害者はこれまでに計六人。いずれも二十代前半で、現場には『マッチングアプリ利用女子懲《こ》らしめ隊参上』と記されたメッセージが残されており、警察は同一犯の仕業としてその行方を追っているという。なんにせよ、このタイミングでされるには激しく具合の悪い——どう考えても持ち帰りとは真逆の引力が働く話題には違いない。少々飲ませすぎただろうか、明らかに彼女は情緒不安定になり始めている。

「——そろそろ解散する？」

こういうとき、肝心なのは〝引き際〟だ。もちろん、このままみすみす帰すつもりはないのだが、「俺はそんなことしないよ」だとか「心配しすぎでしょ」などという軽薄で無根拠な言葉を並べ立てても状況が好転することはない。ここで解散をほのめかして「じゃあ帰ろう」となるのなら端《はな》から縁はなかったものとして割り切るほかないし、変に粘って騒がれても事だ。その意味では、ここは本日最大の〝勝負所〟なのだが——

「ううん、まだ居たい」彼女の右の手のひらが僕の左手の甲に重なる。

「本当に？」

「だって、このまま帰ってもどうせベッドでネットフリックス観《み》てるだけだもん」

彼女の小さな頭が、ゆっくりと僕の左肩に預けられる。

——ああ、神よ。先ほどのご無礼をお赦しください。

これにて〝成約〟——左手をひっくり返し、彼女の右手を握ってみる。特に嫌がるそぶりもなく、自然な流れで絡まりあう互いの指と指。

「ってか、ネットフリックス観るんだ？」

「うん。何も予定がない土日とか、ほぼ一日中。で、そのまま寝落ちしちゃうの」

「最高の休日ってやつだな」

「でも、ちょっと怖いよね。寝てる間に充電ケーブルが首に絡まって死んじゃう事故とか聞いたことあるし。あとバッテリーが発火するとか——」

こう見えて、事故や事件の類いに敏感なタイプらしい。

——と、ここで急に彼女は素っ頓狂な声を上げた。

「あっ！」

「どうかした？」

「いや、スマホの電池がなくなりそうで」

なんだ、そんなことか。

「充電コード持ってるけど、充電してもらう？」

遠慮がちに視線を送ると、マスターは「もちろん構いませんよ」と頷いた。

「大丈夫。ポータブル充電器を持ち歩いてるから——」

＊

右手を伸ばし、シャワー栓を閉める。

途中から薄々勘付いてはいたのだが、いまや予感は確信に変わっていた。

——そういうことか。

部屋にあがりこんでから無意識のうちに嗅ぎ取っていた〝違和感〟——彼女がやけに積極的だったのも、簡単に持ち帰れたのも、これですべて頷ける。

だとしたら、こうしてはいられない。

いま自分が置かれているのは極めて危険な状況だ。

バスタオルを腰に巻くと、脱ぎ捨てたままのズボンから必要なものを手に取り、忍び足で浴室から出る。右手に目をやると、固く閉ざされた部屋の扉——それを確認した僕はいったん玄関へ向かい、ドアチェーンをかけることにした。非常事態だし、念には念を入れておくべきだろう。こうしておけば万が一〝増援〟を呼ばれたとしても、後から誰も入ってくることはできない。

というわけで、準備完了。

部屋の扉の前へと舞い戻り、突入を前に最後の深呼吸。

——大丈夫、きっとうまくやれる。

息が整ったのを確認し、覚悟を決めると一思いにドアノブを捻る。

その先で、僕を待ち受けていた光景は——

「ほらね」

扉の開く音に驚いてこちらを向く二人分の視線。ベッドに腰かけるマナと、ラグの上で胡坐《あぐら》をかく見知らぬ男——そのたくましい体軀《たいく》、剃《そ》り込み入りの短く刈られた金髪、威嚇《いかく》するかのような粗暴な目つきからして、友好的でないのは明らかだ。男の手には僕の財布と、中から抜き出したと思しきプリクラが握られている。

——なるほど、だからか。

部屋につくなり、間髪入れず「シャワー浴びてきたら」と勧めてきたマナ——あれは別にその気満々で気が急《せ》いていたわけではなく、単に僕を部屋から追い出すためだったのだ。シャワーを浴びさせてしまえば、すぐには部屋に帰ってこない。その間に預かった上着や置きっぱなしの鞄《かばん》を漁って財布を抜きとり、身分証を押収《おうしゅう》するのが彼らのやり口なのだろう。

「まんまとやられたね。気付くのが遅かったよ」

そのせいで呑気《のんき》にシャワーなど浴びてしまい、部屋へ男の侵入を許してしまった。

　これまでで最大の失態だ。

「マッチングアプリを利用した『美人局《つつもたせ》』ってわけか。しかも、かなり組織的かつ計画的な……。だって、ここはいわば〝狩場〟――男を連れ込むためだけに用意した部屋で、本当の君の家じゃないんだから」

　そして、頃合いを見て仲間の男が押し入って来るのだ。それはもしかすると行為中かもしれないし、事後かもしれないし、今回のように獲物がシャワーを浴びている隙《すき》にかもしれない。いずれにせよ、憐《あわ》れな男たちは状況を理解できないまま、あれよあれよという間に強請《ゆす》られるのだ。家族に言うぞ、会社にばらされてもいいのか、この子未成年なんだけど警察に通報されたくなければ――

　では、なぜ僕はここが彼女の家ではないとわかったのか。

「部屋の様子に矛盾点が多すぎるからさ」

　明確におかしいと気付いたのは、バスタブに入りシャワー栓を捻った瞬間だった。あのとき、目の前のシャワーヘッドから迸った冷水が僕の顔面を直撃したわけだが。

「高すぎるんだよ、位置が」

　身長一八六センチの僕に対し、マナは一五二センチ――パンプスを履いていても背伸びして僕の頭にやっと手が届くかどうかだったではないか。ましてや風呂《ふろ》に入るときはパンプスなど履くはずないから、この高さのシャワーヘッドに手が届くか怪しいし、仮に届いたとしても不便なこと極まりないはずだ。

「それから、今朝は白湯を飲む時間がなかったっていうのも失言だったね」

「は、何が？」ベッドから腰を上げ、食ってかかってくるマナ――二対一かつ裸に腰巻きタオルという軽装備なのだから圧倒的に僕が不利なのは揺るぎようもないが、自らの失態を指摘されるのはプライドが許さなかったのだろう。先ほどまでの小悪魔的かわいらしさは消え失せ、その顔は醜悪に歪《ゆが》んでいた。

「たしか『お湯を沸かす時間もなくて』って言ってた気がするけど、この発言は明らかにおかしいんだよ。だって、そこから一発で出てくるんだから」

すかさず、スチールラックの脇を指さす。

――とりあえずシャワー浴びてきたら？

――あ、コーヒー淹れるけど、いる？

あの瞬間、バツが悪そうにすぐ話を変え、カップにウォーターサーバーから湯を注ぎ始めた彼女――もうもうと立ち昇る湯気まで見ているから間違いない。そう、この部屋ではそもそも湯を沸かす必要などないのだ。

「それに、洗濯機の中にあったタオル二枚――これだってちょっと違和感がある」

なぜなら、彼女のこだわりの一つが『寝ている間に洗濯物を回し朝の時点で乾燥まで終わらせておくこと』だから。

「今日、君は寝坊したせいで飲まず食わずのまま家を飛び出してきたはず。それだけ急いでいたのであれば、昨夜回した洗濯物が洗濯機に残っているのが普通じゃないかな」

それなのに、中にあったのは狙《ねら》いすましたかのようなタオル二枚だけ。さすがに昨夜の洗濯物がそれだけだったとは考えにくい。もちろん、朝のうちにタオル以外の洗濯物は片づけたという可能性がゼロではないものの、寝坊してバタバタの朝にわざわざ優先してやるべきこととは思えないし、百歩譲って優先して片づけたのだとしたら、何故《なぜ》かタオルにだけは手を付けず残したということになり、それはそれで不自然だ。

「ほかにもツッコミどころは多々あるよ。そんなに慌《あわ》ただしい朝だったくせに、ベッドメイキングがきちんとされているとかね。あと、洗面台にあったのがストレートアイロンだけだったのも気になったんだ。だって『Sカール』に髪をセットするにはカール用ヘアアイロン——いわゆるコテがないと無理だから。なのに洗面器の周辺はおろか、収納棚の中にも見当たらなかった。まあこれは僕が美容師だから気づいただけで、普通の男は見過ごしちゃうだろうけど。それから寝ている間にコードが首に絡まる事故を怖がっていた割に、枕元の電源タップには何もささっていないよね。ポータブルの充電器を持ち歩いているんだから、家には充電コードがあってしかるべきだと思うんだけど

「――」

「ったく、ごちゃごちゃうるせえ奴《やつ》だな」

苛立《いらだ》ちを滲《にじ》ませながら立ち上がる男――縦にも横にも僕よりひと回り以上大きく、まともに戦ったら勝ち目はないだろう。彼の手には、相変わらず僕の財布から抜き出したプリクラが握られている。

「ここが本当の家じゃないとしたら何なんだよ？　お前、結婚して娘もいんだろ？」

家族で撮ったプリクラを財布から抜き忘れていたのは、完全に僕の落ち度――だが、きっと彼らにとっても予想外のことだったに違いない。財布を奪ったはいいものの、まさか身分証の類いがいっさい入っていないとは思ってもみなかったはずだから。この点は僕のほうが一枚上手だったと言っていいだろう。本名も、自宅住所も、何一つとして彼らは握れていないし、だからこそ唯一《ゆいいつ》の個人情報とでも言うべき「家族プリ」をネタに脅す道しか残されていないのだ。

「マッチングアプリで若い女を漁って、娘と同年代の女に手出すとか……しかも見てみろよ、髪型とかそっくりじゃねえか。自分の子供と似た女を抱こうとか、どんな神経してやがるんだ。クソキモいぞ、マジで」

プリクラは美雪の誕生日に今年家族で撮ったもの。当然、日付や年齢が落書きされたものも混じっている。なので、僕にマナと同世代の娘がいることについて言い逃れのしようはないし、自分の娘と似た子をわざわざ選んでいるのが「クソキモい」ことなのも理解はしている。

「タオル一枚で風呂から出てきたのだって、ヤル気満々だったからだろ？　さっさと死ねよ、このヤリモク野郎」

男がそう吐き捨てた瞬間、僕の口元に笑みがこぼれる。

――ヤリモク野郎、か。

やはり彼らは勘違いしている。

僕は男の前にずいと進み出ると、後ろ手に隠し持っていたバタフライナイフを横一閃《よこいっせん》に振るった。ひゅっ、という軽快な音と共に男の喉笛《のどぶえ》が切り裂かれ、瞬《またた》く間《ま》に真っ赤な鮮血が溢れ出てくる。「ひっ」と両手で口元を覆い、そのまま床に尻餅《しりもち》をつくマナ――その隣で、喉元を押さえた男が口をぱくぱくさせながら膝から崩れ落ちた。

「タオル一枚で出てきたのは、服に返り血を浴びたくないからでね」

汗で滑らぬよう、柄を握りなおす。

「同じヤリモクでも、僕は〝殺《や》る〟ほうなんだ」

そのまま男の正面に片膝をつくと、とどめの一撃を左胸めがけて振り下ろした。

「――覚えてない？」

バタフライナイフを男の胸から引き抜くと、ゆっくり立ち上がる。

「何が」ガタガタと身を震わせる彼女は、そう絞り出すのがやっとの様子だ。

「こういうことをするのは七回目だって言ったの」

腰巻にしていたタオルで刃先を拭《ぬぐ》いながら〝今夜の標的〟を見下ろす。

――ねえ、こういうことするの何回目？

――七回目、かな。

――えー、数えてんの？

「そりゃ数えてるさ、これまで何人を手にかけたかくらい」

――ちょっと怖いじゃん。ほら、ヤバい事件とかあるし。

――アプリで出会った女の子を殺しちゃうやつ。

被害者はこれまでに計六人――いずれも二十代前半で、現場には『マッチングアプリ利用女子懲らしめ隊参上』と記されたメッセージが残されており、警察は同一犯の仕業としてその行方を追っているという。

「これのこと、かな？」

身を屈《かが》めると、床に放り出されていたクラッチバッグの中から同じ文言が記された紙切れを引っ張り出す。

「どうしてもマッチングアプリで出会ったことを世間に示す必要があってね」

「ど、どういうこと……？」

その問いを受けて、僕の意識は再びあの日へと飛ばされる。

――この前、スマホを弄ってるところを後ろから覗いてみたの。

――マッチングアプリ、だと思う。

――最近、外泊とか朝帰りする頻度が増えてるでしょ。

「やめさせたかったんだ」

「やめさせる？　何を？」

――どうしたら、やめさせられるかしら。

――直接注意しても言うこと聞かないだろうし……

妻が頭を抱えたあの日、僕は思いついてしまったのだ。

直接注意してもダメなのであれば、間接的に働きかけるしかない、と。

「同年代の女の子が次々とマッチングアプリで出会った男に殺されてるってなれば、さすがにその使用を控えるんじゃないかって」

「は？　正気？」ありえない、というように彼女は首を振り続ける。

「だからだよ。年齢が近いだけじゃなく、見た目が似ている子をわざわざ選んだのは」

被害者の顔写真が報じられ、その共通点が浮き彫りになれば嫌でも気づくだろう。二十代前半、派手でカーリーなショートボブ。犯人の〝好み〟に自分自身が合致しているということに。

「狂ってるよ」

「それが、最愛の娘を想《おも》ってのことだとしても？」

今回は余計な犠牲者を一人増やしてしまったが、やむを得ない。

僕は、再びバタフライナイフを握った手を振りかざした。

＊

シャワーを浴びて返り血を洗い流した後、部屋の中をいまいちど確認する。

指紋や毛髪はそこら中に残っているが、前科のない僕に繋がる可能性はゼロ。変装も徹底しているし、彼女との接点はアプリ以外に皆無なので、そもそも捜査線上にすらあがらないだろう。むしろ、忘れてはならないのは彼らのスマホを回収することだ。特に、マナのスマホにはアプリ上での僕とのやりとりがいくつも残っているはずなので、このまま部屋に残しておくわけにはいかない。

回収ついでに遺体の指紋でロックを解除し、念のため彼らのやりとりをチェックしてみたが、こちらも概《おおむ》ね予想通りだった。やはり彼らは「美人局」を仕掛ける組織的な犯罪グループの一員で、マッチングアプリで出会った男をこの部屋に連れ込んでは恐喝し、金銭を巻き上げるのを生業《なりわい》としていたようだ。手口は毎回同じで、頃合いを見て仲間の男が部屋に殴り込む。ただそれだけ。見れば、入店のタイミング、タクシーに乗車したタイミング、僕がシャワーを浴びに行ったタイミングと、折に触れて報告がなされている。なるほど、隠れてこんなやりとりをしていたら、そりゃタクシー降車時に一瞬真顔にもなるだろう。

いずれにせよ、これにて一件落着。

二人のスマホをクラッチバッグにしまいつつ、最後に忘れ物はないかとベッドの下を覗き込むと——

——ん？

そこに落ちていたのは、光り輝くピアスだった。

同時に、バッグの中でスマホが震える。引っ張り出して確認してみると、男のスマホ画面に「メッセージ　1件」というアナウンスが出ていた。

——まさか、な。

とは思いつつ無性に胸騒ぎがしたので、再度ロックを解除して内容に目を通す。

「お疲れさまです。もう部屋空きましたか？　今から私も使いたいんですが——」

そのとき、僕の目は画面に釘付《くぎづ》けになって動かなかった。

といっても本文に、ではない。それよりもっと前——

――あなた、覚えてる？　この前、美雪が失くしたって大騒ぎしてたピアスがあったの。

――あれだって、ブルガリのやつで十万ちかくするのよ。

――学生がバイトで買える域を超えてるでしょ。

――マッチングアプリ、だと思う。

冒頭の「Message from Miyuki」という文字列に、だ。

あなたに見合う神さまを

SAHARA HIKARI

佐原ひかり

佐原ひかり　Hikari Sahara

1992（平成４）年、兵庫県生れ。2017年、「ままならないきみに」で、第190回コバルト短編小説新人賞を受賞。'19（令和元）年、『ブラザーズ・ブラジャー』で、第２回氷室冴子青春文学賞大賞を受賞。ほかの著書に『ペーパー・リリイ』『人間みたいに生きている』などがある。

権藤《ごんどう》さんの机には祭壇がある。

祭壇、というのはあたしたちが勝手に呼んでいるだけで、「Ｗａｔａｒｕゾーン」って言い方のほうが合っているかもしれない。赤い小箱の上に、首に手を当てたＷａｔａｒｕのミニアクリルスタンド（たぶん手作りだ。ヤスリがけのしすぎで頭頂部がちょっと危ない）が立っていて、その後ろにあるデコレーションされた衝立《ついたて》には、Ｗａｔａｒｕの切り抜き写真が所狭しと貼《は》られている。写真はたまにマイナーチェンジしていて、いっとき、男子の間で、誰がいちばん最初に気づくかゲームも行われていたらしい。日によってはお手製のミニくす玉も衝立にぶら下げられていて、あたしたちはそれでＷａｔａｒｕの身に何かめでたいことが起こったのだと知る。祭壇は授業中も休み時間中もずっと出しっぱなしだ。

権藤さんと同じクラスになって、あたしはＷａｔａｒｕというダンス系ユーチューバーを知った。赤髪がトレードマークで、口角がイラストの犬の口みたいに上がっているのが特徴的。登録者数は一万人ぐらいで、流行《はや》りのダンスナンバーの「踊ってみた動画」ばっかり投稿している。最初の頃はどんなもんかと動画をいくつか見たりしていたけれど、いちばんコメントに困る、ふつーのユーチューバーって感じだった。

権藤さんの後ろをそっと通りすぎ、るりちゃんとみほりんのところに戻る。トイレに行っている間に、おしゃべりは次の大会の演奏曲からみほりんの従兄弟《いとこ》の話に変わっていた。相づちを打ちながら合流しようと試みたけど、入る隙《すき》がない。あきらめて、ポニーテールを丁寧に括《くく》り直しながら権藤さんを観察してみる。権藤さんは今日も堂々とひとり、Ｗａｔａｒｕの動画を見ている。縦にも横にも大きい体と腰まである栗色《くりいろ》のウエーブヘアーを揺らし、小粒の目をかがやかせながら、楽しそうににこにこと。

クラス替えの直後は社交的な子が権藤さんにＷａｔａｒｕのことを訊《き》いたりしていたが、一ヶ月も経《た》つと、話しかける人は自然といなくなった。へたに布教されても面倒だし、とくに害はないし（害があるとすれば、権藤さんの後ろの席の人はアクスタのＷａｔａｒｕと目が合うことぐらいだ）、ちょっと遠巻きに見ている感じ。

未《いま》だに何か言うのは高二になってグラマーを担当し始めた田所《たどころ》ぐらい。あいつは、最初の授業で権藤さんの祭壇に目をつけねちっこく叱《しか》った。授業に関係のないものはしまえ、って一言いえばいいものを、「かわいそうに、このやすっぽいグッズのせいで、こいつ余計に頭が悪く見えるぞ」「おまえみたいなのがいるから、こういうまともに働けないやつらがのさばるんだ」「わかったぞ、このレベルの男なら自分にも可能性があると思ったんだろ。な？　当たりだろ」と権藤さんもＷａｔａｒｕもバカにしまくった。

　権藤さんは、それらすべてに、ええ、ええ、と丁寧に相づちを打ったあと、「先生、今度からは歯を磨いてお話ししてくれませんか？　おタバコと食べカスの臭《にお》いがきつすぎて、お言葉が頭に入ってきませんでした」と笑顔で言った。

　田所は絶句していた。もちろんあたしたちも。

「あ、るり、若尾《わかお》来たよ」

　みほりんが声のボリュームを落とし、目だけぐりんと動かした。あたしも視線を権藤さんから離す。るりちゃんが、えー、と困ったように前髪をさわった。サッカー部の子たちがどやどやと教室に入ってくる。若尾くんは、爽《さわ》やかな笑みを浮かべながら、いろんな人と気さくに挨拶《あいさつ》を交わした。

「やー、今日も爽やかだね、若尾。ていうか美白。サッカー部であれは奇跡」

「うん、ほんと推せる。前から見ても横から見ても優勝。はー、拝んどこ」

　手のひらを合わせて、るりちゃんが「朝からありがとー」と小声で言う。みほりんが眼鏡と八重歯を光らせて笑った。

「や、若尾なんもしてないし」

「いーの。推しは生きてるだけで」

若尾くんたちの集団が前を通った。るりちゃんがさりげなく背筋を正して、重ためのぱっつんの前髪をととのえる。口に手をあてて、キャラメルをとかしたような、甘い笑い声を立てた。みほりんも共犯のように「るり、ほんとにいい子だから。私が男ならぜったい彼女にするね」と声を張る。あたしも続くべきかなと思ったけど、なんにも出てこない。るりちゃんが「そんなこと言ってくれるのみほだけだよ」と笑う。みほりんがさらに返す。

あたしは机の下でそっと、『明日、次のやつ撮れそう？』と権藤さんにメッセージを送った。

権藤さんと初めて学校の外で会ったのは、四月、早朝の公園でだった。「亜子《あこ》は基礎体力がないから」とるりちゃんに勧められて始めたランニング。そのゴール地点の公園でストレッチをしていたら、犬の吠《ほ》える声が聞こえたのだ。犬は藤棚の奥に向かって執拗《しつよう》に吠え続けていて、飼い主らしきおじいさんが、気まずそうに目を伏せてリードを懸命に引っ張っていた。

藤棚の奥を見にいったあたしの目に飛び込んできたのが、ショッキングピンクのTシャツを着た権藤さんだった。

最初、あたしは権藤さんがなにをしているのかわからなかった。そのぐらい、むちゃくちゃな動きだった。服の中に入った虫と格闘しているみたいに肩や腕をぐねぐねと動かし、体をひねっては飛んだり跳ねたりを繰り返していた。携帯を三脚に固定して、それを撮影していた。

揺れる肉。飛び散る汗。型も何もない、とびきり自由で迫力のある動き。両手を頭上で合わせ、フィギュアのジャンプみたいにぐるんと回る。風が巻き起こりそうなほど力強いターンで、ようやく、権藤さんは踊っているのだと気づいた。

あたしは昔お父さんの意向でバレエをやっていたけど、決まった型を決まったやり方で再現する踊りしか知らなかったから、これは本当に衝撃だった。

「権藤さん」

踊り終え、肩で息をしている権藤さんに近寄る。額に浮かんだ汗の玉が、早朝の透きとおった光に輝いている。

こんなところをクラスメイトに目撃されたら、あたしだったら焦《あせ》る。でも、権藤さんはへっちゃらな顔で、「ああ、手塚《てづか》さん。おはよう」と爽やかに言った。

「おはよう。ね、それ、撮影してたの？」

「ええ」

「何に使うの？」

「ユーチューブ用よ」

「えっ、権藤さんユーチューブやってるの？」

「ええ。まだ一ヶ月ぐらいだけどね」

「自分で撮って編集して、ってことだよね。すごいね……」

「とんでもない。まだまだだよ。やればやるほど、Ｗａｔａｒｕさんのすごさがわかる。あの頻度、あのクオリティ。わたしももっとがんばらないと」

ふう、と肉厚の手で額の汗を拭《ぬぐ》った。きりりとした顔つきで、目の中に炎が見えるようだ。

……Ｗａｔａｒｕ好きが高じて自分もやるようになったってこと？

そんな推し活聞いたことない。

なんのために、とか、チャンネル名は、とか、もっといろいろ訊きたかったのに、携帯のアラームが鳴ってしまった。もう帰らないと。

またあとで！　と後ろ向きに走りながら叫ぶと、権藤さんは皇族みたいに優雅に手を振ってくれた。

もしかしたら学校で話しかけられるかな、と少しどきどきしたけれど、権藤さんはいつもどおりひとりを貫いていた。目が合ってもふんわり会釈《えしゃく》する程度。ちょっと肩すかしをくらった気分だったけど、正直ほっとした。なんとなく、るりちゃんたちには言わずにおきたかった。

権藤さんは翌朝も公園で踊っていた。

踊り終えた権藤さんをつかまえて、いきさつを聞き出す。あたしの予想はちょっとだけ当たっていて、要は、権藤さんはＷａｔａｒｕに見合う自分になるため（苦労を知るため？）、ＧＯＮチャンネルを開設したってことらしい。

あたしはわくわくしながら権藤さんの動画を見て、首をひねった。

動画だと、あのダンスの迫力が一ミリも伝わってこない。人体の動かし方がわかっていない寄生エイリアンみたいに、ただただへんてこな動きをしているだけ。ピントはボケボケな上、逆光で画面は暗い。最初の決まった挨拶もなく、「いきます」と片手を挙げて、急に踊り始める。しかも無音。シュールさが半端《はんぱ》じゃない。なんていうか、もったいなさすぎる。

顔を上げると、権藤さんがじっとこちらを見ていた。無表情で鼻だけがぴくぴくと動いている。わかりづらいが、権藤さんなりに緊張しているのかもしれない。

言葉を選びながら感じたことを伝えると、権藤さんは「確かに。自分じゃ気づけなかった。手塚さん、すごいわねあなた」と力強く頷《うなず》いた。

「たいしたことないよ、こんなの」

「そんなことない。忌憚《きたん》のない意見、とても参考になるわ」

もう一度お願い、と言って、携帯でメモを入力し始めた。

なんか、新鮮かも。こんなふうにアドバイスを求められるのって。

自分でも単純だなって思うけど、あたしはその日のうちに権藤さんと連絡先を交換して、撮影や編集の参考になりそうなまとめ記事を大量に送りつけた。「ユーチューブ初心者」とか「動画編集　基本」とか、適当なキーワードで検索をかけただけのもので、どれか参考になればいいな、ぐらいの軽い気持ちだった。

翌朝、公園には目を充血させた権藤さんが現れた。あたしが送りつけた記事と、図書館で借りてきた動画編集の本を夜じゅう読んでいたらしい。

ふああ、とあくびをして、権藤さんが「今日は撮影は難しそう」と眠そうにつぶやいた。

「え、じゃあ、なんで公園に来たの？　寝ときなよ」

「でも、手塚さんは来るでしょう？」

当然のように言われて、あたしは返事に困ってしまった。もともと毎朝ランニングをしていて、公園に寄るのはおまけみたいなものだ。今日だって……いや、今日はランニングはしていない。家を出て真《ま》っ直《す》ぐ公園にきた。そうしたら、権藤さんの姿がなくてがっかりした。でもちょっとだけ待ってみようってブランコを漕《こ》いでいたら、ふらふらの権藤さんがやって来たのだ。

「権藤さん、明日は図書館の本も持ってきてよ。あたしも送ったまとめ読み返しとくから。いろいろ見ながら、いっしょに、ちょっとずつやってみよ」

「いいの？」

「うん。なんかおもしろそうだし」

「ありがとう。手塚さん、あらためてよろしく」

権藤さんがすっと手を差し出してきた。

握手ってこと？　こんなことでいちいち？

権藤さんをまじまじと見つめる。引っ込める気はなさそうだ。大マジっぽい。おそるおそる握る。ふかふかした、クリームパンみたいな手はあたたかかった。


『ドラゴンズ負けた。死』

ベッドの上で次に踊る候補曲のプレイリストを作っていたら、妹の真子《まこ》からのメッセージが表示された。うえ、と声が出る。最悪だ。ここ最近は連勝してくれていたのに。

夕飯の時間は地獄確定だ。

食卓は予想通り最悪の空気だった。お父さんは始終むっつりとしていて、お母さんの料理にけちをつける。鮭《さけ》の焼き加減が気にくわなかったらしく、舌打ちしまくっている。

自分で焼けばいいのに。

応援している野球チームが負けると、お父さんは露骨に機嫌を悪くする。

ご飯の上にほぐした鮭をのせ、口に運びながら想像する。理路整然と、お父さんの非を指摘するところ。わめき立てるお父さんに毅然《きぜん》とした態度で接して、お母さんに対して謝らせるところ。

そんなこと、できるわけないけど。

「亜子」

不意に名前を呼ばれて、箸《はし》を落としそうになる。はい、と慌《あわ》てて返事をしたら、口の中から米粒がこぼれてしまった。血の気が引く。ごめんなさい、と謝るより早く、お父さんが舌打ちした。

「汚いんだよ。よそでもそんな食べ方してるんじゃないだろうな」

唾《つば》が飛んできた。テーブルと、あたしの手の甲に。たぶん、かぶとほうれん草の炒《いた》め物にもちょっとかかった。そっちもたいがい汚い。心の中の権藤さんが「お口がゆるいんじゃなくて？」と言う。

お母さんが布巾《ふきん》で黙ってテーブルを拭《ふ》いた。あたしの前だけ。真子が憎しみのこもった目でお父さんをにらみつけていて、気づかれないかハラハラする。真子は最近、反抗的な態度を実際に取るようになってきた。進路に悩んでいるのもあって、余計にピリピリしている。

いいから、と目でたしなめる。こんなの全然たいしたことじゃない。

結局、用件はビールを注げってことだった。泡がうまく立つよう、細心の注意を払いながら瓶を傾ける。こんなとき、権藤さんだったらどうするだろう。「そんなにお好きなら、全身で飲まれてみては？」とか言ってビールをぶっかけたり？　にやっと笑いそうになって、慌てて口元に力を入れる。笑いをこらえながら、こぼれるぎりぎりまで注いだ。

「わ、次、目隠し動画だよ。権藤さんできそう？」

Ｗａｔａｒｕの動画を投稿順にチェックしていたら、六本目で目隠しをしたまま踊る動画が出てきた。一応携帯を見せたけど、権藤さんは画面を見るまでもなく、やるわ、と即答した。

「これ、ちょっと場所考えないとだめだよね。ふつーにあぶないし。スタジオとか借りる？」

「そうね。そろそろその段階かも。Ｗａｔａｒｕさんもスタジオで踊っていらっしゃるし」

「最近雨続きだしね。梅雨明けぐらいまではスタジオで撮るのもありかも」

今日は気持ちよく晴れているが、この一週間ほど雨天で撮影ができなかった。

ユーチューブを一緒にやり始めて二ヶ月ほど経つが、あたしたちが会っているのはこの時間、この藤棚の下だけだ。でもそろそろ、撮る動画や天候に合わせて場所を変えてみてもいいかもしれない。

ＧＯＮチャンネルの投稿動画は、結局、Ｗａｔａｒｕが踊っている曲やネタをぜんぶ真似《まね》る、ってことになった。最初は、公園中の遊具を使い倒したダンス動画を撮ってみたり、色褪《いろあ》せたふうに編集してエモいＭＶっぽくしたりと、いろいろ工夫していたけれど、途中でやめた。権藤さんにとって大事なのは、踊ることそのものより、Ｗａｔａｒｕを追体験することだって話しているうちにわかったから。あたしはもっとオリジナリティのある動画が撮りたかったけど、これはＧＯＮチャンネルだし、踊るのは権藤さんだ。

権藤さんがどうしてここまでＷａｔａｒｕに入れ込んでいるのか、正直なところあたしは理解できていない。顔もたいしてかっこよくないし、ダンスも言うほど上手《うま》くないし（ていうか、この人正直体幹弱いと思う）。

一応何回か聞いたけれど、何回聞いても現代アートの説明を受けているみたいだった。

『Ｗａｔａｒｕさんはありのまま踊るの。自分のコンプレックスも弱いところも隠さない、肯定の踊りに目頭が熱くなるわ』

『踊っているときの表情が素敵よね。誰も置いていかないってはっきりと視聴者にメッセージを送ってくれる』

『話し方もチャーミングだわ。ところどころアクセントがぴょこぴょこ跳ねていて、愛くるしさが感じられる。きっと音の表情をつかむのが上手いのよ。それが踊りにも活《い》きてる』

　うーん、さっぱり。

　まあ、なんとか理解できるのは、一所懸命な姿から元気がもらえるってとこと、振りの説明が丁寧なところぐらいだ。

「スタジオ探しはあたしがやるね。権藤さんは目隠しで動く練習をがんばって。危ないから、なるべく何もないところで」

「わかった。ありがとう、手塚さん。手塚さんがいてくれて、本当によかった」

「もー、いいよそういうのは」

　やめてやめて、と手を振る。

　いいえ、と権藤さんはなおも続けた。

「手塚さんがいなかったら、わたし、Ｗａｔａｒｕさんのがんばりの十分の一も理解できていなかったと思う。トリミングもテロップ付けもＢＧＭ挿入もしていなかったし。こんなに難しいことをされていたなんて、見ているだけじゃわからなかった。たいへんだけど、やってみてよかったわ」

満足げに頷いている。

「権藤さん、欲がなさすぎるよー」

「欲って？」

「再生回数を伸ばすとか、一発なにかでバズって注目を集める……とか。それこそＷａｔａｒｕとコラボとかさ。せっかくなら推しと会いたくない？」

単純に疑問で訊いたら、権藤さんは「推し？」とふしぎそうに首を傾《かし》げた。

「えっ、推しじゃないの？　ここまでやっといて!?」

「わからないわ。〝推し〟なのかしら？　わたしの好きな人は確かにＷａｔａｒｕさんだけど」

真摯《しんし》な目と声ではっきりと言った。

すご。こういうところもストレートなんだ。

権藤さんは好きな人のことを、「推し」じゃなくて、「好きな人」って言えちゃう。

「推し」と「好き」って、同じようでちょっと違う気がする。「推し」のほうが、不純物多めな印象。相手から距離をとれるぶん、「好き」の隠れみのに使えちゃうかんじ。

それこそ、るりちゃんは一年生のときから若尾くんを「推し」って言ってる。「好きな人」ではなく。でも、なんていうか、誰がどう見たってそれ「好き」じゃない？　って正直思ってた。「好き」ってガチっぽいから、「推し」って表現で保険かけてるだけ、みたいな。あたしはそこらへんがちょっともぞもぞして、るりちゃんの設定にのれなかったのかもしれない。

「まあ、お会いできたらとても嬉《うれ》しいけれど。でも、そういうのは結果としてついてくるものだから。動機にはならないわ。画面の向こうでがんばっているＷａｔａｒｕさんを眺めるだけでいたくない。それが始めた理由だから、見誤ることなく、貫きたい」

だって。すごくない？　超ストイック。そんな理由でこんな面倒なことできる？

眺めるだけでいたくないって言うけど、ＳＮＳってそういうもんじゃん。ユーチューブもだけど、ほかのコンテンツだってそう。ぱぱっと手軽に楽しむとか、役に立つ情報を無料で手に入れるとか。発信側はまあきっと苦労はしているんだろうけど、見てるこっちには関係ないっていうか。空いた時間を埋めていくためだけのもので、そんな気合い入れて体当たりする娯楽じゃないっていうか。

つまり。権藤さんは。

「りっぱな人なんだね」

こんな人、そうそういない。

そう伝えると、権藤さんは「あら」と目をみはった。

「わたしからすれば、手塚さんのほうがりっぱな人、よ」

「あたし？」

「手塚さんはべつにＷａｔａｒｕさんのことが好きではないでしょう。それなのに活動を手伝ってくれている。とってもやさしくて、いい人だと思うわ」

目を細めながらしみじみと言って、赤いぷくぷくのほっぺたをやさしく持ち上げた。

「えー、やめてよ。そんなんじゃないって。あたしはただ……」

「ただ？」

「……わかんない。なんでだろ」

興味本位？　ではないと思うけど。というか、それだけじゃさすがにあたしも手伝い続けられない。

「じゃあ、わかったら教えて」

権藤さんが両目をぎゅっとつむった。わかりづらいけど、たぶん、へたくそなウィンクだ。

柴《しば》犬を連れたおじいさんが通りかかった。もうそんな時間か。おはよーございます、と挨拶をする。おじいさんが軽く手を挙げた。犬はもう吠えない。権藤さんは曲を口ずさみながら振りの確認をしている。膝《ひざ》を抱えて、空を見上げる。白い月が残る空を、鳥の群れが旋回している。

うとうとしかけたころ、アラームが鳴り始めた。

やだなあ。

帰りたくない。朝食の席に遅れたら怒られるから、今公園を出なくちゃいけないのはわかってるんだけど。なんか、このまま家にも帰らず学校もサボれたらいいのに。ふたりで海とか行ってさ。目隠しダンスの練習にもちょうどよさそう。権藤さん真面目《まじめ》だけど、そういうのは言ったら付き合ってくれるんじゃないかな。

どうなんだろう。サボったら親に連絡されるんだろうか。

今まで学校も授業もサボったことがないから、どういう対応をとられるのかわからない。もう高校生だし、いちいち連絡しない？　でも、連絡されたら？　家にかけてもらえたらお母さんが出てくれるけど、お父さんの携帯が第一連絡先になってたら終わりだ。

「手塚さん、鳴ってるわよ」

権藤さんが遠慮がちに肩を叩《たた》いてきた。うん、とアラームを止めて立ち上がる。

「帰りたくないなあ」

一応、言うだけ言ってみる。

権藤さんは「そうよね、ここのほうが駅に近いものね」と頷いた。勘違いに苦笑しながら、違うよ、と訂正する。

「今この時間が楽しいから、終わりたくないって意味だよ。あと、シンプルに家がちょっとしんどくて」

「あら。おうちの方と何か？」

「何かっていうか、まあいつものことなんだけど。うち、父親が偉そうで。殴る蹴《け》るの暴力はないんだけどね。なんか、こう、偉そうで……」

あの心臓が縮こまる嫌な感じを表現したいのに、上手く言えなくて歯がゆい。偉そうなだけって、たいしたことないっぽく聞こえる。実際に見せられないものを言葉だけで伝えるのって難しい。普段の様子をそれこそライブ配信とかで流せたら、同情のコメントとかけっこう貰《もら》えると思うんだけど。

「暴力よ、それは」

突然、権藤さんがはっとするほど険しい声を出した。

「お父さんの振る舞いのせいで、手塚さんは家で快適に過ごせていないんでしょう？人を支配するもの、人の幸福を妨げるものはおしなべて暴力よ」

きっぱりと言い切った。

落ち着いた口調だったけれど、なんだか圧倒されてしまって、うん、と棒立ちのまま声だけで頷いた。厳しい顔つきで、権藤さんの中からいきなり知らない人が出てきたみたいだった。

あたしはどう返せばいいかわからなくて、「ありがとう。じゃ、またあとで」と手を振って、逃げるように走り出してしまった。

登校したら、権藤さんはもう来ていた。いつもどおり、ひとりで動画を見ている。邪魔しちゃだめだから、と言い訳して横を通りすぎ、るりちゃんとみほりんのところに駆け寄る。

　学校では権藤さんに話しかけない。向こうも話しかけてこない。あたしはるりちゃんたちとずっと一緒だし、権藤さんは休み時間中はずっと動画を見ている。だから、しょうがない。わざと無視、してるわけじゃないし。

　教室を移動したりご飯を食べたり、そういうのはやっぱり、るりちゃんとみほりんのブラバン三人組で、って感じがする。そこから出る気はないし、かといって、権藤さんを四人目にするわけにもいかない。権藤さんは気にするそぶりはないけど、これってずるいのかな。でも、権藤さんって、学校で過ごすときの友達って感じじゃないし。

　おはよー、といつもどおり挨拶したのに、挨拶が返ってこなかった。二人が目を見合わせて、どうする？　と小声で言い合っている。なんか、ちょっと、へん。心臓がどくん、と嫌な音を立てる。

「亜子さぁ、若尾といつ仲良くなったの？」

　みほりんが探るように言った。もういいってぇ、とるりちゃんが困ったように笑う。

「若尾くん？」

　なんのことだ。まったく身に覚えがない。仲良くなった、って、今まで話したことすらない。

知らない知らない、と頭をぶんぶん横に振ったのに、るりちゃんは、ほんと？　と苦笑いを浮かべた。

「じゃ、向こうの片思いなのかな？　さっき若尾くんが会いに来てたよ。手塚さんまだ来てない？　って。あ、言ってたら来た。若尾くーん、こっちこっち！　亜子来たよー」

るりちゃんがこわいほど明るい声で廊下を歩いていた若尾くんを呼び止めた。若尾くんは、「おっ」という表情でこちらに近づいてくる。おはよう、と昔からの友だちみたいに挨拶してきた。

「ごめんごめん、たいした用事じゃないんだけど。手塚さんってさ、一年のときから毎朝走ってるよね？　千田《せんだ》川沿いで」

「そうなの？　亜子」

「あ、うん……。ほら、るりちゃんが、走ったほうがいいって、言ったから」

へえ、と、るりちゃんが口に手を当てた。

「実はさ、俺もあのコース走ってて。でも、最近手塚さん見ないから、どうしたんだろって気になって」

「や、あの、ちょっと、足を、痛めまして、すみません……」

「え、なんで敬語？　おもしろ」

若尾くんが形のいい唇を片方だけ上げて、からかうように笑った。机に手をついて軽く身を寄せてくる。

「なんかさ、手塚さんのポニーテール見れなくなってちょっとさみしいんだよな。足治ったら教えてよ。てか次からはフツーにしゃべって。じゃ、足お大事に」

ばいばい、と腹立たしいほど爽やかに、フレンドリーに手を振った。

「なるほどねー、若尾くんはポニテ好きか〜〜」

るりちゃんがにやにや笑う。いやいや、としか言えない。脂汗《あぶらあせ》がとまらない。

「感謝してよねー。亜子にポニテ勧めたのわたしなんだから」

るりちゃんが軽く肩を叩いてくる。あれ、意外と大丈夫そう？　合わせて、えへへ、と笑う。るりちゃんも、えくぼができるぐらいしっかり笑っている。

「でもさ、亜子、これからは走るコース変えるよね？」

「え？」

「変えるよね？」

るりちゃんの口角は上がっている。でも目は笑っていない。困ってみほりんを見るけれど、目を合わせてくれない。ごくり、と唾を飲む。

意外と大丈夫、じゃなかった。

え、でも、若尾くんは「推し」なんだよね？　「好き」じゃないんだよね？　それならあたしが遠慮する必要ないよね？

「うん、変えるよ。もちろん」

こっくり頷くと、るりちゃんが「亜子やさし～～」と破顔した。へへ、と笑って応《こた》える。へへ。へへへ。やさしい、だって。権藤さんにも言われたから、今日二回目だ。あたし、やさしいのかな。もうよくわかんないや。

権藤さんはかぶりつくようにして動画を見ている。楽しそうに。周りなんか興味ないです、って感じで。女子のいざこざなんて関係ないですって態度で。ひとりでも平気です、って顔で。

あたしはもうどこも見ることができなくて、ただうつむいた。

帰ってきたら、家がとんでもないことになっていた。

リビングテーブルを挟んで、真子とお父さんがものすごい剣幕で怒鳴り合っている。お父さんはいつもの感じだけど、真子がここまで真正面から刃向かっているのは初めてだ。お互いの言い分を怒鳴り声でさえぎり合っていて、断片的にしか聞き取れない。本来机や棚の上にあるものが、床に散乱している。

お母さんはレモンイエローのエプロンの肩紐《かたひも》を垂らしたまま呆然《ぼうぜん》とふたりを眺めてい

る。肩をゆすって、何があったのか聞き出す。

「真子ちゃんが、美術系の高校に進学したい、って言い始めたのね。それにお父さんが怒っちゃって」

「え？　なんで？」

「今までの塾代が、みたいな……」

なんだその理由。

「真子ちゃんも、もう少しお父さんの機嫌がいいときに言えばよかったのよ。そうしたら、お父さんも聞く耳を持ってくれたかもしれないのに」

ドラゴンズが勝ったときとか？

ばからしい。

ばかばかしい。本当にばか。なんなんだこの家。たまったもんじゃない。お父さんも、お母さんも。機嫌がいいときって、お母さんもなんで当たり前に受け入れてるわけ？　いつもいつもお父さんの言いなりで、あたしたちの味方になってくれない。今だってボーッと見ているだけでぜんぜん役に立たない。

あのさ、と文句を言おうとした瞬間、お母さんがお腹《なか》のあたりでぎゅうっと指を組んでいるのが目に入った。早く終わりますように、って祈るみたいに。これが精一杯だとばかりに。

暴力よ、という権藤さんの声がよみがえる。

こういうことなんだ。

人を支配するもの。人の幸福を妨げるもの。

人からじわじわと力を奪っていくもの。

いい。あたしがとめてやる。

段取りとしては、まずは真子を落ち着かせる。いったん退《ひ》かせるか、きちんと志望理由を話させて、お父さんを説得する。あたしはもちろん真子の味方だけど、あくまで中立って態度を取らないと、お父さんの気を悪くする。スマートに、冷静に、仲裁役を。後日話し合いの場を設けるとかでも――。

「亜子ちゃん！」

真子に呼ばれて、はっとする。目を真っ赤にした真子が目の前まで来ていた。

「亜子ちゃんもそう思うよね？　どこの高校いこうが、真子の勝手だって！　なんでいちいち親の許可がいるわけ？」

「じゃあその費用を払うのは誰だ？　俺だろ？　なら俺の許可が要るに決まってる」

「出た、俺の金！　お父さん知ってる？　お父さんみたいなのをモラハラ男って言うんだよ。知らない？　知らないだろうね、お父さんバカだもんね。学歴コンプこじらせてさ。手塚の集まりでもいつもバカにされてるもんね。出来の悪い三男ってさ。だからって真子たちにそれ押しつけないでくれる!?」

「いちいち理屈をこねるな！　子どもは黙って親に従え！」

「は？　誰に従うかはこっちの勝手だから。ねえ、亜子ちゃん！　亜子ちゃんも言ってやってよ！」

お父さんの真っ赤な額に青黒い血管がビキビキ浮かんでいる。唇がはっついて何もしゃべれない。お父さんが低い声で「言ってみろ、亜子」と獣みたいに唸《うな》った。

あの、という声が引きつるのが自分でもわかった。

「……その、真子の言うことはわかるよ。そう、自由。わかる。でも、やっぱり、お金って意味では、お父さんが働いてくれてるものなわけだし、毎日……うん……」

言いながら、うつむいていくのが自分でもわかった。真子の顔が、まともに見られない。

もういい、と真子が言った。ぞっとするほど冷えきった声だった。くるりと背を向け、リビングから出ていく。

「まって真子！」

追いかけて伸ばした手を、ばしん、と叩かれた。

「亜子ちゃんがいちばんしょーもない」

吐き捨てるように言った。階段を乱暴にのぼっていく。

叩かれた手を、だらりと垂らした。

しょうがない。

しょうがないじゃん。

あたしだって、こわい。お父さんとたたかえるだけの力なんて持ってない。あたしが真子を庇《かば》ったって、どうにもならない。学費を出してあげることはできない。この家じゃ、お父さんが絶対だ。いちばんこわくて、いちばん偉い人。だれも逆らえない。

リビングからは、お父さんがお母さんを罵《ののし》る声が聞こえてくる。

部屋に戻って、布団《ふとん》にくるまった。お腹を抱えて、ずっ、と洟《はな》をすする。だんだん鼻の奥が痛くなってきて、目頭が濡《ぬ》れ始めた。制服を脱がなくちゃいけない。宿題もしなくちゃいけない。新譜も覚えなくちゃいけない。わかってるけど、もう何もしたくない。ずっ、ずっ、と洟をすすり続ける。目が熱くて痛い。ぎゅっとつむると、唇の端まで涙が落ちてきた。

メッセージの通知音が聞こえて、枕元《まくらもと》に置いた携帯をたぐり寄せる。るりちゃんたちとのグループラインかと思ったのに、権藤さんからだった。この前撮った、ドラマのエンディングダンスの動画が送られてきていた。涙で滲《にじ》んだ目に、陽気に踊る権藤さんの姿が飛び込んでくる。

なにこれ。

あたしに編集しろって？

頭に血がのぼって、ぱぱぱと苛立《いらだ》ちのまま打つ。あたしが手伝ってあげてるのは当たり前じゃない。悪いけどあたしも暇じゃないから、みたいな。

送って、布団にもぐって、すぐにまた起き上がる。ティッシュで鼻をかんで、手のひらで涙を拭い取った。

自分が打った文章をじっと見返す。知らない人が打ったみたいな、攻撃的なメッセージ。一気に頭が冷える。

権藤さんは編集しろなんて一言も言っていない。共有しようと送ってきてくれただけ。こんなの八つ当たりだ。かっとして、止められなかった。

急いで送信を取り消そうとしたら、既読になってしまった。

翌朝、あたしは公園に行かなかった。行く勇気が、どうしても出なかった。でも、家にもいたくなかった。真子もお父さんも荒っぽい動作でお互い不機嫌をアピールし合っていて、空気が悪いったらありゃしない。だからいつも通りの時間に家を出て、川沿いを走るだけ走ろうとしたら、遠くから若尾くんが手を振るのが見えて、全速力で走って逃げた。もうどこにも行けず、全然知らないところをうろうろして時間を潰《つぶ》した。

権藤さんはあの後、すごく丁寧な謝罪文を送ってきた。ワンスクロールじゃ見きれないぐらい。メッセージは、もうお手伝いは大丈夫だから、という旨《むね》の言葉とお礼で結ばれていた。今まで本当にありがとう、と。

あたしは何も返せなかった。あの長さと丁寧さに返せるだけの言葉を持っていなかった。イライラして、八つ当たりしただけだから。

次の日も、その次の日も公園に行かなかった。メッセージも返していない。学校では、もちろん話さない。

あたしは、日に何度もＧＯＮチャンネルを確認した。動画は更新されていなかった。そのたびほっとした。やっぱり、ひとりじゃだめなんだ。権藤さんも最低限の編集はできるけど、細かいところは主にあたしがやっていたから、行き詰まったらお願いしてくるかもしれない。そのときは、こころよくＯＫして、あたしも謝ればいい。

そう思っていたのに、十日ほど経って、新しいダンス動画が一本投稿された。

一緒にやろうと言っていた、目隠しのダンス動画。

どこかのダンススタジオで権藤さんは踊っていた。どこで買ったのか、極太の眉《まゆ》とキラキラの目が描かれたアイマスクをつけて、終始ふらふらどたばたしている。

正直めちゃくちゃ面白かった。

誰かがＳＮＳでシェアしたのか、再生回数は伸びていた。コメントもいくつかついていた。あたしは動画を見ながら笑って、そして、自分でもちょっと信じられないぐらいショックを受けた。

うそじゃん。手塚さんがいてよかった、なんて。

あたしがいなくったって、ちゃんと動画を編集できている。最初の挨拶もしているし、テロップも綺《き》麗《れい》に入っているし、ＢＧＭの挿入も上手くできている。むしろ、あたしがあれこれ口出ししないほうが面白くなっている。こんなアイマスクをつけるなんて、あたしはきっと思いつかなかった。

寝返りを打って、クッションを抱え直す。光が目にしみて、サイドランプを消した。

ちょっと感謝されて、いい気になって。ちょっかいかけて、あれこれアドバイスして。しょーもない。真子の言うとおりだ。あたしはほんとにしょーもない人間。情けなくて涙が出る。涙が出るのに、権藤さんの踊る姿はパワフルで、熱血アイマスクとずっと目が合って、泣き笑いが止められない。

「亜子ちゃん、入るよ」

真子だ。急いで涙を拭ったけれど、声までは繕いきれなかった。いいよ、と応えた声はあきらかに涙声で、入ってきた真子が気まずそうに「泣きたいのはこっちなんだけど」と言った。

「ネイル貸して。マスタードっぽいやつ」

ずい、と手を出してきた。

勉強中なのか、ヘアターバンで前髪を上げて眼鏡をかけている。上下ともぶかぶかのスウェットで、どちらかと言えばださい恰好《かっこう》なのに、真子だとどことなくおしゃれに見えるからふしぎだ。

ベッドから起き上がって、机の中からネイルを取り出す。渡すと、ありがと、とぼそっと言った。お礼を言われた瞬間、急に涙があふれてきて、ううーっ、と嗚咽《おえつ》が漏れた。真子が呆《あき》れたように「だから泣きたいのはこっちなんだって」とため息を吐いた。

ネイル瓶を開けて、あたしの右手を取る。そのまま、親ゆびの爪《つめ》を乱雑に塗った。「真子の味方してくれなかった罰」ふんと鼻を鳴らす。そのまま、「週明けまで借りるから」とだけ言って、すたすたと部屋から出ていってしまった。

リムーバーまで持っていかれて、あたしは親ゆびを途方に暮れながら見つめた。くすんだ黄色。よわむしの色。

真子がリムーバーを返しにきたら、そのときはちゃんと謝ろう、と決める。

Ｗａｔａｒｕが捕まったのは、その週の土曜日だった。

『これってあのＷａｔａｒｕだよね？』

と、るりちゃんから送られてきた記事には、Ｗａｔａｒｕの顔写真と本名が載っていた。Ｗａｔａｒｕは、昼間の繁華街で恋人をボコボコに殴ったらしい。目撃していたたくさんの人に通報されて、ちょっとした騒ぎになっていた。

週明け、教室は異様な空気に包まれていた。

誰も権藤さんに近づこうとしなかった。もとからそうだけど、今日はもう半径二メートル以内にすら近寄ろうとしない。

近寄りはしないけど、意識は権藤さんに向いていた。あたしたちはハラハラしていた。誰か、とんでもなく空気のよめないやつが権藤さんに絡《から》むんじゃないかと。

遠くから見るかぎり、権藤さんの机の上の祭壇はまだあった。でも、今日は動画を見ていなかった。一人でノートを広げて、鬼気迫る顔で何かを書いている。

「権藤ぉ」

教室の入口からその声が聞こえてきた瞬間、あたしは天を仰ぎかけた。

田所だ。一時間目の担当でもないのに入ってきた。上下青のクソださいジャージにゴムサンダルを突っかけて、まっすぐ権藤さんの席に向かう。舌なめずりでもしそうな、うれしそうな顔で。

最悪だ。いちばん最悪なやつが来た。これから起こることがたやすく予想できる。心臓がばくばくと鳴る。ほとんど無意識に、スカートのプリーツをぎゅっと握り、奥歯を嚙《か》みしめていた。

「見たぞ、ニュース。あれ、おまえの〝推し〟だろ」

田所が権藤さんの横に立った。気づけば、クラスの全員が談笑を止《や》めてふたりを見ていた。

「女殴るなんて、人として最悪だなあ、え？」

挑発するように嗤《わら》う。権藤さんは視線を落としたまま何も言わない。田所は愉快でたまらない、というように、ばんばん、と権藤さんの右肩を叩いた。

「しょうがない。権藤はまだ若いからなあ。人を見る目っちゅうもんができてないんだ。なあ、おまえ、どうだ、あれ見て。どう思った。え？　恥ずかしくてたまんないだろ。なあ。随分入れ込んでたもんな。俺に生意気な口きいてまで。え？　どうなんだ、ほら、言ってみろ、ほら」

「あの」

しん、とした教室にあたしの声が響く。口が勝手に動いていた。

視界の端で、るりちゃんとみほりんが目を丸くしている。田所も一瞬、たじろいだようにあたしを見た。みんなあたしを見ている。一気に顔が熱くなる。

「なんだ手塚」田所が不機嫌そうに言う。

「そ、そういうのは、どうかと」

「そういうの？」

「つまりですね、その、ひとの、よわいところを、そういうかんじでつつくのは、人として……」

「はあ？　なんだ、はっきり喋《しゃべ》れ」

田所に詰め寄られ、ごくり、と唾を飲む。

どうしよう。

もう一度、あの、となんとか声を絞り出してみたものの後が続かない。

ここであたしがもう一言でも何か言えば、田所の矛先はあたしに向くだろう。今だけじゃない。きっとこれからもずっと、卒業まであたしは田所にいびられる。嫌だ。顔が下を向くのを止められない。

もうここまででいいんじゃない？

ちょっとは言い返したし、権藤さんは強いし。あたしが無理してかばわなくても、大丈夫なんじゃない？

なんでもないです、と言いかけた瞬間、目に飛び込んできたものに息を呑《の》んだ。

お腹の前で組んでいた、黄色の親ゆび。

見えない手でポニーテールを引っ張られたみたいに、すっ、と顔が上がった。

「わ、Ｗａｔａｒｕがしたことと、権藤さんはなんの関係もないです。権藤さんが謝ったり、恥ずかしがる必要はないです。ひ、人の、人の大事なものや、弱いところを茶化さないでください！」

威勢良く言ったつもりだったけれど、実際に出た声は情けないほど震えていて、でも田所が目の色を変えたところをみると、あたしの声はしっかり届いたらしい。

田所はくわっと眉を上げ、はあん？　とドスの利《き》いた声を出した。もうそれだけで心臓が破裂しそうだ。手は汗でびしゃびしゃ、その場にへたり込みそうなほどこわい。でも、言わなきゃよかったとは思わなかった。

「手塚、おまえ」

「田所先生」

田所の低く粘ついた声を、涼やかな声がさえぎった。権藤さんが立ち上がっていた。

「先ほどから、どちら様の話をされてるんでしょう」

口に手を当て、田所に向かって首を傾げている。

「誰って、そこにいるおまえの……ん？　誰だそいつ」

突然、田所が権藤さんの祭壇に顔を寄せた。あたしもつられてのぞく。小箱の上にあるのは、首に手を当てたＷａｔａｒｕのミニアクリルスタンド……じゃ、ない。

Ｗａｔａｒｕじゃない。

「のの太郎さんです」

権藤さんが、アクスタに手のひらを向け紹介した。アクスタも、その後ろの衝立の写真も、眼鏡をかけた、ほっそりとした男の人に変わっている。

「の、のの太郎？」

「ええ。クイズがとってもお強いんです」

よく見れば、手元にあるのはノートじゃなくてクイズドリルだ。

あ、知ってる、と誰かがつぶやいた。おれも、と声が続く。あたしも、名前と顔だけ知ってる。のの太郎。たまにテレビにも出ている、クイズプレイヤーだ。

めんくらっていた田所は、次第に、わかったふうに「なるほどな」と笑い始めた。

「え？　冷たいもんだな、おい。すぐに乗り換えるなんて。逆境のときこそ支えてやるのが本当のファンってもんだろ」

「そうですか？」

きょとん、とした顔で権藤さんが言った。

「わたし、心中は趣味じゃないので」

「なんだって？」

田所が眉を寄せる。権藤さんがにっこりほほ笑んだ。

「つまり、クビです。彼は、ふさわしくないので」

笑顔のまま、首の前で親ゆびをすい、と水平に動かした。

教室が再び、しん、と静まり返った。

田所も言葉を失っている。

あたしも、ぽかん、と口を開けた。

そんなのって、あり？

あれだけ熱心に応援してたのに。自分の時間ぜんぶ使って、ユーチューブまで始めて。Ｗａｔａｒｕへの思いは、何があっても揺るがない絶対的なものじゃなかったの？　権藤さんにとって絶対的な人じゃなかったの？

ふさわしくないからクビ、って。

値しないって判断したら、こんな躊躇《ちゅうちょ》なく切り捨てていいもんなの？　ありなのそれ？

呆れたり、冷たい、って思うべきなのに、あたしは、じわじわと、体の芯《しん》が熱くなっていくのを感じていた。

すごい。

最強じゃん、この人。

神さまの首なんて、いつでもすげ替え可能ってことでしょ？

すげ替えて、自分を磨き続けるってことでしょ？

そんなの、もう、一生、幸せじゃん。

一時間目のチャイムが鳴って、現国の先生が入ってきた。同時に、権藤さんがサッと身を翻《ひるがえ》した。そのまま、悠々とした足取りで、堂々と教室を出ていく。我に返った田所が「おい！」と叫んだけど、権藤さんは振り向かなかった。あたしも教室から飛び出して追いかける。

「権藤さん！」

階段の先、踊り場で権藤さんが振り返った。呼び止めたのはいいけれど、言葉が続かない。

このあいだのこと、あやまる？

さっきのやりとりを賞賛する？

なんとなくだけど、どっちも違う気がする。

あたしが今、望んでいること。言いたいことは。

逆光の中、権藤さんがあたしの顔をじっと見た。

目をほそめて見つめ返す。感情の読めない真顔。暗くて見えづらいけれど、鼻だけが、わずかにぴくぴくと動いている。

それを見た瞬間、泣きたくなるような、いとおしい気持ちで胸がいっぱいになった。

あたし、りっぱな人じゃない。やさしくもない。あたしが権藤さんと一緒にいたのは、権藤さんといたかったからだ。やっと、ちゃんとわかった。

階段を一段飛ばしで駆け上がった。びくり、と肩を跳ねさせた権藤さんに、あのさ、と笑いかける。

「クイズってさ、対戦相手がいたほうが楽しいよ、きっと」

息を整えながら、ね、と手を差し出す。

権藤さんの鼻が大きくふくらむ。

そうね、とかすかに声を震わせながら、ぎゅっと手を握り返してくれた。

タイムシートを吹かせ

ISHIDA KAHO

石田夏穂

石田夏穂　Kaho Ishida

1991（平成３）年、埼玉県生れ。2021（令和３）年「我が友、スミス」で第45回すばる文学賞佳作、同作で第166回芥川龍之介賞候補。’22年「ケチる貴方」で第44回野間文芸新人賞候補。’23年「我が手の太陽」で第45回野間文芸新人賞候補、第169回芥川龍之介賞候補となる。

先月の食費は、四万円と少しだ。一人暮らしに平均的な自炊能力なら、妥当な金額と言えよう。

六月三十日である。

今日は、会社のＰＣを家に持ち帰った。電源を入れると勝手にTeamsが起動する。私は真っ先に右上にある自分のアイコンをクリックすると「ステータス」を弄《いじ》った。そうしないと「連絡可能」になってしまう。

Teamsの「ステータス」には「連絡可能（緑）」「取り込み中（赤）」「応答不可（赤）」「一時退席中（黄）」「退席中（黄）」「オフライン（白）」の六種類がある。各自の予定表と通話状況に合わせ、Teamsが自動で表示してくれる。のだが、この「ステータス」は、実は好きに選べる。例えば在宅勤務中、ちょっとコンビニに行きたい場合、Teamsだと真面目《まじめ》だから「一時退席中（黄）」になってしまうが、これを手動で「連絡可能（緑）」にできる。あたかも離席などしていないかのように。もちろん仕事しながら「オフライン（白）」にもできる。こうすればうるさい連絡をシカトできる。

　私は、この機能が好きだ。これはMicrosoftの手心なのだと思う。この秘密の手動操作は、Microsoftがユーザーに与えた、いちばん最後の自由領域なのだ。どれだけ世が自動化されても、あえて人間の手が介入する余地が残されているということ。パンドラの箱の「希望」のように。

　とうに終業を過ぎた午後十時に「連絡可能（緑）」だと都合が悪い。私はポチッと「オフライン（白）」にすると、社内イントラにアクセスし、そこにあるタイムシートに飛んだ。

　私のタイムシートは、既に月次承認済だった。承認者は私の上司だ。今月の正直ベースの残業時間、すなわち「時間外」は、十・五時間である。

　その上司のアカウントでログインした私は、まず「承認取り消し」をクリックした。それから「四万円と少し」に相当する食費分の時間外を、この月のタイムシートに上手《うま》いこと嵩《かさ》増す。私の時間外は、時給二千八百円だ。

　こちら、実際にやるとけっこう難しい。特定の数日を極度の長時間労働にするわけにもいかず、ナチュラルな塩梅《あんばい》で残業せねばならない。三日（木）にプラス一時間、四日（金）にプラス一時間……私はエクセルを模した社内のタイムシートに、慎重に時間外を「まぶす」。しかし均等すぎるのも却《かえ》って不自然なので、それこそMicrosoftじゃないが「手心」を加える。例えば「退社時刻が毎日同じにならないようにする」「残業した翌日の早出は控える」「昼休憩を一時間から半時間に減じる」など……九日（水）にプラス○・七五時間、十日（木）にプラス一・五時間、十一日（金）にプラス○・五時間……もはや、職人芸といっていい。こんなセコい不正にも一種のエスプリがあるのだ。

　数回の微調整を経た後に、時間外の合計が元の「十・五時間」から「二十五時間」になると、私は自分のタイムシートを「承認」した。弊社のタイムシートはユルユルだから、ここに「承認取り消し」や「再承認」のログが残ることはない。

　私は過去三年間にわたり、毎月これを繰り返している。ＰＣをシャットダウンすると、ああ、今月も終わった、と思った。

　現場一筋だった通称「レジェンド」が、六十五になったのを機に初めて本社勤務になったのは、今から三年前のことだ。

　弊社は俗に言う「回転機メーカー」だ。回転機とはポンプやコンプレッサーなどの、回転する機構を持つ動的な機器のことだ。そうした機器を設計、製造し、現場に納品および据付まで見届けるのが、弊社の商売だった。

ザ・斜陽産業である。一昔前ならいざ知らず、今はどの国でも優秀な回転機を製造できるし、下手な国産より遥《はる》かに低価格だ。売上比率にして「新規発注」を「メンテナンス」が上回るようになったのは、もう十数年来の話だ。その目下の食い扶持《ぶち》たる「メンテナンス」にしても、世界各地の工場《プラント》に過去据付けられた、我等が回転機の存在があってこそである。往時の回転機たちは、いまこの瞬間もせっせと稼働《かどう》している。

と、こうした昔話系になると、レジェンドはうるさい。

「あのサウジの冷却水ポンプはなあ、俺が据付けたんだよ」

まーた始まったよ……私は半眼になると、迂闊《うかつ》な同僚を睨《にら》んだ。こいつが「中東でも塩害対策はしますよね？」とか当たり前のことを訊《き》くから、それがレジェンドのトリガーになってしまった。本来この質問にはイエスかノーで答えられるが、レジェンドの回答はもはや回顧録の様相を呈している。何しろ「職歴半世紀」なのだ。数多《あまた》の石油精製所《リファイナリー》を抱える中東の現場には、かれこれ二十回は赴いているだろう。

「砂漠の真ん中でなあ、気温が五十度になると『ブラック・フラッグ』っつう旗が立って、作業中止になるんだよ。それにしてもサウジの人間は働かねえんだ。あれだよ、イスラムの相互扶助の考えが……」

同僚は疑問が解消されると席に戻ったが、このレジェンドの一大叙事詩につきあう私の身にもなれ。もうとんでもなく長いのだ。因果なことに、レジェンドの席は私の隣だ。第一のリスナーを失ったレジェンドは、椅子《いす》を四半回転させると、私に語りかける体勢になった。勘弁してくれ。

「日中は暑くて仕事になんねえから、昼休みが三時間くらいあってな。夜は午後の九時くらいまで働くんだよ。いやあ、あの現場はキツかったね。そのあと日本人で集まって街に飲みに行くんだけどな。ガハハハハ！　そのまま飲み屋で朝になって、そっから現場にトンボ返りすんの。現地のドライバーに『ジャパニーズはクレイジー』って何遍も言われたよ。そうそう、あのころモンタさんが、飲み屋で現地妻を……」

　ああ、とってもウザい。こういうオッサンの海外出張自慢ほど私が忌避するものはなかった。回転機はただ基礎に置けばいい代物《しろもの》ではなく、現地据付にはメーカーの技術員が派遣されなければならない。レジェンドはその技術員だったわけだ。どこに行ってもMade in Japan が無双だった当時、レジェンドは息つく間もなく世界各地の現場を飛び回った。のはいいが、結果としてこの武勇伝ならぬ「レジェンド」がアホみたいに出来《しゅったい》する今の状況が生まれた。最大の被害者は私だ。私には殊勝な心がけとかないから、レジェンドの「レジェンド」に感銘を受けることはない。仮にあったとしても、同じ話に三回も感動するのは難しいだろう。

「でも岡本《おかもと》は独身女だから、サウジには入れねえなあ！」

　ガハハハハ！　お定まりの「締め」である。わかっちゃいたが、私は律義《りちぎ》にイラッとした。

本来なら黙って定年退職すべきレジェンドが、こうして継続雇用されたのは、偏《ひとえ》に慢性的な人材不足だからだ。レジェンド曰《いわ》く「もう現場は無理（腰が痛い）」と部長に訴えたところ「俺はどえらい引き留められた」。レジェンドと今の部長が旧来の「師弟関係」だったらしく、おかげでこの馴《な》れ合いホモソーシャル人事が成立してしまった。まあそれは仕方ないにしても、レジェンドが私の隣に座ったのは、こちらの悪運が尽きた。

　最大の試練は「レジェンド」の専属リスナーになることではなかった。それは右から左へ聞き流せばいい。このレジェンドという人は、全くＰＣを使いこなせない御仁だったのだ。

「おおい、壊れちゃったぞ」

　充電が切れただけだ。それに真隣だから、大声を出す必要はない。会社支給のＰＣは中古のレンタル品で、バッテリーは四時間程度しか持たない。業務中は充電器に繋《つな》いだままにしろと再三言っているにもかかわらず、レジェンドは私の助言に全く耳を貸さず、いつも昼過ぎになるとこうして時報のように騒ぐ。そんなレジェンドのＰＣに「充電しましょうか」と、自分の充電器を差してあげる私は、自分が聖母なのかと思った。

「おおい、音が鳴らないぞ」

スピーカーのミュートを解除する。いい加減覚えろ、とも思ったが、レジェンドに説教を垂れるほど私は優しい人間じゃない。新入社員ならまだしも、相手は古稀《こき》を控えたオジイサンである。レジェンドが到来してからというもの、私は地理的にレジェンドのＩＴ介護スタッフになってしまった。

「おおい、入れないぞ」

初日はまずログインに苦慮した。レジェンドにもＰＣが貸与され、付属の紙面に初期ユーザー名とパスワードが明記されていたのであるが、そのランダム文字列をレジェンドは正しく打ち込めなかった。レジェンドはキーボードの操作にまるで通じておらず、今時こんな光景も珍しいが、全《すべ》てのキーを人差し指で押す始末だ。なるほど、ずっと現場畑だったレジェンドは、これまでＰＣに触る機会をほとんど持たなかったらしい。回転機の芯出し《アライメント》と来れば日本屈指の実力者だが、一口に「メカに強い」と言えど、こればかりは千差万別だった。

元よりレジェンドは「アナログ人間」で、一度もクレジットカードを持ったことがないという。携帯も息子夫婦に言われて「つい最近」持ち始めたばかりだ。すると、ＰＣのリテラシーが壊滅的なのも、さもありなんなのだろうか。

「おおい、この『！』は、どこにあるんだ！」

何度『！』を押しても『１』が入力されるという。はじめ、レジェンドは賢明にも自らの老眼を疑ったが、何度見てもそれは『！』だ。それはそうだろう。以後も『？』『＊』『＋』他、私は類似の「おおい」を都合百回は受けつけることになる。

何とかログインにこぎ着けたものの、レジェンドが喫煙所に行き、戻ると再びログイン画面が。これにレジェンドは大激怒した。それもよくよく見ると、最初のログイン画面とは違う「ロックを解除するにはCtrl＋Alt＋Delキーを押して下さい」ではないか。

この「Ctrl＋Alt＋Del」三銃士。私はこれを発案した人間を殴りたい。何度言ってもレジェンドが間違えるので、その三か所に目印のシールを貼《は》ることになった。本当はPCにシールを貼るのは禁止だが、ここは致し方ないだろう。しかし、問題はここからだった。

この三つのキーを同時に押す、という運指がレジェンドには難関らしく、その激高は五回目の失敗で最高潮に達した。齢《とし》なのかアル中なのか、レジェンドの指は小刻みに震える。「Ctrl」と「Alt」を同時に押すべく、レジェンドは初めて左の薬指を動員したが、そうして六回目のトライで辛くも突破した時は、私も「おお！」と、思わずどよめいてしまった。

三日もすると、レジェンドは一人でログインできるようになった。が、それほどPCを利用しなかったのだから泣ける。目下、レジェンドが在籍しているのは、私と同じ本社の「技術支援チーム」だ。社内外の質問に何でも答えるカスタマーセンターのようなチームである。

もっとも「お問い合わせ」の九割は社外から来る。その社外というのも半分はお得意サマ、すなわち大手化学メーカーのプラントオーナーたちだ。そうした筋の「お問い合わせ」は、不穏なことに営業経由で来る。

なおも弊社の「新規発注」が細々と途切れないのは、こうした「お得意サマ」が、ナショナリストだからだ。大手は未《いま》だ「日本製」にこだわるところが多い。Made in Japan 当人が誰より Made in Japan 信奉者なのだ。ところが、そうしたところから来る質問はマニアックもマニアックで、高が十年選手の私には答えられないことも多い。かたや営業は回答をせっつく。一分でも早く返信さし上げたいのだ。

と、確かにこういうチームだったから、ＰＣの操作よりレジェンドに期待されていたのは「おばあちゃんの知恵袋」的ファンクションで、その豊富な実務経験に照らし、訊かれたことに「口頭で」答えればよい。レジェンドが「技術支援チーム」に来てからというもの、回答の説得力は格段に増し、各種確認や調べ物が減り、それだけ私の負担が減ったのは事実だ。もちろん私自身の勉強にもなる。しかし、同じだけ問題なのは、この「知恵袋」の開陳に際し、長大な「レジェンド」が発動されてしまうことだ。それとやっぱりＰＣ操作。幾ら「おばあちゃん」と言えど、本社勤務だとどうしてもＰＣの使用は避けられない。メールのOutlook、チャットのTeams、ストレージのSharePoint

と、最低限これらはマスターいただきたかった。

「あの、お言葉ですが、少しタイピングを練習されたほうが（お互いの）業務が捗《はかど》ると思いますよ」

「はあああ？」

　二週目に私がアドバイスすると、レジェンドは速攻これを拒否した。ぺーぺーの女に「アドバイス」されたのが気に入らなかったのだろう。私もレジェンドの反応が気に入らず、しばらく互いに口を利《き》かなかった。

　しかし、月給取りに、タイムシートの入力はマストだ。

「おおい」

　労働時間の入力がわからないらしい。園児かよ……と私は呆《あき》れ、じゃあもう会社員やめろと思った。

　まず、例によりログインできない。タイムシートのアカウントはＰＣのそれともMicrosoft のそれとも違う独自のもので、人事から一か月前にメールで配信されていたが、レジェンドは当然の如《ごと》く同メールを見落としていた。レジェンドは「ちょっとやってくんない？」と、謎《なぞ》に偉そうである。私はレクチャーするのがかったるかったが、腰を上げるとレジェンドのほうに寄った。

　が、どうしたことか、私が操作しようと脇《わき》から手を伸ばしているにもかかわらず、レジェンドは一向に反対側に寄る気配を見せない。デンと所定の位置に留まったまま、私に一センチもスペースを譲らないのだ。不動明王のつもりなのだろうか。私は嫌でもレジェンドに接近せねばならず、レジェンドの鼻息が頬に当たると、うっ……と思わず息を詰めた。この加齢臭を我慢するほど給料もらってねえよ。そのまま一分間ほど息を止めることになった。

そうして息も絶え絶えログインすると「新しいパスワードを設定して下さい」。私はようよう直立の体勢になると「どうぞ」と、レジェンドを促した。レジェンドは「ふん」とばかりに新たなパスワードを打ち込む。何て世話が焼けるのだろう。

タイムシートのエクセルめいたマスが現れた。

「ここを押せば、標準の労働時間が入ります」

午前八時から午後五時だ。基本的にレジェンドは残業しないから、この機能を知れば十分である。私はさっさと自分の席に戻った。

「いや、一昨日の午前は病院に行った」

え、と、私は振り向いた。そうだ、レジェンドは不定期に「通院」している。私はしぶしぶ標準外の時間の入れ方を教えた。

「ここに、出社した時刻を入れます」

レジェンドが『：』を求めギャアギャア騒ぎ出すと思い、私は言いながら『13：00』

と入れた。すると「クラアッ」と一喝された。

「13：00じゃねえよ、13：08だ！」

何で私が怒鳴られるのか。

「あの、タイムシートは十五分単位なんで」

「じゃあ13：15にしろよ」

レジェンドは手帳を取り出していた。

「あと二十二日は七時に出社してる」

ジジイの気まぐれ早起き大会かよ……私は「出社」に『7：00』と入れ、すると自動的に一時間の時間外が計上された。そのままレジェンドは全就業日の出社時刻と退社時刻を読み上げ、私は意図せずレジェンド・オペレーターになってしまった。あの手帳をいますぐ燃やしてやりたい。

「六日は16：22に帰った」

だから十五分単位だと言っただろ。それにしても、几帳面《きちょうめん》に入れようとするのにモヤモヤする。だって、勤務時間中もレジェンドはしょっちゅう一服に行き、非常にしばしばコーヒーブレイクし、馴《な》染《じみ》の「戦友」ジジイどもとダべり、半分は遊んでいるようなものだ。それがタイムシートになると「クラアッ」などと、いったい何のアリバイ工作だ。

ぎょっとしたのは、今月から自分のタイムシートの承認者が、部長からレジェンドになっていたことだ。ログインすら怪しい人間に承認権限を付与するのかよ。このレジェンドが承認者とは、適材適所ならぬ不適材不適所としか言えないが、部長も大概だから、こうした誰も幸せにならない事態が出来《しゅったい》してしまうのである。

それから三日後のことだ。

その日、電車の人身事故のために、私の出社は大幅に遅れた。私は同事故を『おはよう日本』で知り「じゃあ今日はリモートで」と、しゃれ込みたいところだったが、生憎《あいにく》ＰＣを会社に置いたままだった。そのため遅延に巻き込まれるのを承知で、泣く泣く家を出たのであるが、それにしても出社が午前十一時を回るとは思わなかった。

コソコソと執務室に到着すると、レジェンドの隣には人がいた。私より年次が三つ下の後輩社員だった。二人でレジェンドＰＣのディスプレイを覗《のぞ》き込んでいる。

「いやあ、忙しいのに悪いねえ。年寄りはこういうのについていけなくて」

「いえいえ、とんでもないです」

私は目を剝《む》いた。レジェンドは定位置から三十センチほど脇に控え、その同僚に十分な作業スペースを提供していたのだ。しかも手許《てもと》には健気《けなげ》にもメモが。私の言ったことは何一つメモらないのに。

「なるほどねえ、こうすると『リンク』を貼れるんだねえ」

メモメモ。

「ここを右クリックして、この『コピー』を選んで、それからメールの本文を右クリックして、この『ペースト』を選べばできます」

メモメモ。

「どうも親切にありがとう。年寄りのボケと思って、どうか許して下さいね。それにしても、平川《ひらかわ》君は教えるのが上手いねえ」

おいおいおいおいおいおい。私は殺意を覚えた。こいつ、私以外にはこんなに腰が低いのか！　元よりマッチョな職場環境とは言え、こうも露骨だと労働意欲がダダ下がりする。私は出社するなりどっと疲れ、もう会社を辞めようかと思った。

レジェンドが「平川君」に累計《るいけい》五回目の「ありがとう」を伝えると「平川君」は颯爽と去った。レジェンドは忽然《こつぜん》と現れた私には目もくれず、私も「遅くなりました」的な挨拶《あいさつ》はしなかった。

午後になると、レジェンドが「おおい」と叫んだ。

「この『ペースト』した『リンク』が青にならないんだけど！」

私はシカトした。その日はレジェンドと国交断絶すると決め、昼からずっと伊達《だて》イヤホンしていた。昨今は業務中にイヤホンすれば「あ、いま打ち合わせ中なんで」と逃げることができる。

「おおい」

しつこい。私はいよいよ熱心にPCの画面に見入った。それにそのトピックなら平川に訊け。

そのとき、耳に衝撃が走った。プールで水から頭を出した時のように、いきなり聴覚がクリアになった。

「おい、聞こえてんのか！」

耳がジンジンする。イヤホンがレジェンドの手で強引に引き抜かれた。普通そんなことするか。私はレジェンドの蛮行に絶句したが、沸点を超えた怒りは、むしろ冷静さに帰着した。じっとレジェンドを見詰めながら、私はあることを決めた。

私だって、好きでタイムシートを吹かすのではなかった。ただそうしないと帳尻《ちょうじり》が合わないだけだ。レジェンドの暴挙が許されるなら、私の暴挙も許されるだろう。私も不正は嫌だが、こうでもしないと私たちはフェアにならない。

私はその月から時間外を嵩増した。ちっぽけな私には、こんなことしかできない。けれど、むしろ会社には感謝して欲しい。こうして私は自分が会社を嫌いにならないように、上手いこと取り計らっているのだ。会社だって、私がフラッと辞めたら困るだろう。表立ってコンプラだ何だと騒ぎ出されても困るだろう。こんなことで私の気が済むなら、それに越したことはないのだ。何だったら見て欲しいくらいだ。この私のみみっちい手動調整を。だから、これは正義のアクション。タイムシートを吹かすジャスティス。一種のｗｉｎ－ｗｉｎですらあった。

　レジェンドがタイムシートのパスワードを設定した時、打つの遅《おっそ》……と、私は呆れながら見ていた。それは「一音入魂」ならぬ「一タイプ入魂」で、ラフマニノフの『ピアノ協奏曲第二番第一楽章』の冒頭が頭の中を流れた。

　そんな気はなかったが、そのスロータイプは、容易に目で追うことができた。人のパスワードを知るのに、人は必ずしもハッカーである必要はない。ヘンテコな文字列だなあ、と、私はレジェンドの背後で思った。これ、レジェンド忘れちゃうんじゃないか？そしたら再設定の悲劇に見舞われるのは他ならぬ私だ。『パスワードの再確認』もあったから、やはりヘンテコな文字列であることが再確認できた。レジェンドは大文字と小文字の区別が大の苦手だから『パスワードの再確認』も何度かリトライしていた。ようやくパスワードが合致すると、レジェンドは「このパスワードをデバイスに記憶させる」を危うくスッ飛ばしかけたが、私は寸前のところで、そのチェックボックスをクリックさせることに成功した。何より我が身のためだ。

　その新たに設定したパスワードは、漫然と見ただけだったのに、不思議と私の頭の中に残った。半信半疑のまま入力し、レジェンドとして首尾よくログインし得た時は、思わず「うわ」と声が出た。そのまま時間外を十七時間プラスに偽装した。

私はここにひとつ、ルールを作った。不正受給するのは当月の食費分だけだ。それなら多すぎも少なすぎもせず、自分の身の丈に合っている気がする。何よりこれだと文字通り「会社に食わせて貰《もら》っている」ことになり、それが痛快だと思った。比喩《ひゆ》の「食わせる」ではなく実際の「食わせる」。私は、そこに希望を見出《みいだ》せそうな気がした。

その三年前の月の食費も、四万円と少しだった。当時の私の時間外は、時給二千五百円だった。

それからというもの、私は会社が好きになった。レジェンドの世話も以前ほど億劫《おっくう》ではなくなった。私は自分で自分をフェアな状態にアライメントした。誰もやってくれないから、自分でやったまでのことだ。

飯を食うたび「会社に食わせて貰っている」意識が必然的に頭を過《よぎ》る。この鯖《さば》定食は、会社が私にご馳走《ちそう》してくれているのだ。この私だけの知る真実。スーパーで買い物する時も、会社のことを思う。このお惣菜《そうざい》は、豆乳は、ドレッシングは、会社が私に奢《おご》ってくれているのだ。この私だけの知る真実。こんな私にも、愛社精神の芽生える余地はあったらしい。

現金なものだ。

そうして、三年の歳月が過ぎた。

その日、レジェンドが「明日から三週間の在宅勤務」を宣言すると、私は自分が聞き違えたかと思った。この三年間というもの、レジェンドは一度として在宅勤務せず「在宅はサボりだろ」と言って憚《はばか》らなかったのだ。

「カアチャンが入院してよぉ」

奥サンが骨折したらしい。よって家庭の雑事一切をレジェンドが担《にな》うことになった。猫も五匹飼育しているらしい。

「こういうとき子供が三人とも男だと困るよな。やっぱり女手がいないと」

私は「そーですねっ」と『笑っていいとも！』そのままに答えた。レジェンド一族のことなどどうでもいいが、ここに大事なのは、向こう三週間はレジェンドと対面せずに済む！　それは、天国のようだ。私の望外のパライソ。早急に小躍りしたくなった。

ところが。

レジェンドの消滅から一週間が過ぎ、私が「おおい」の絶えた平和な職場を堪能《たんのう》していると、その厄災は、何の前触れもなく訪れた。

月末が迫っていたため、私はタイムシートを入力することにした。ログインしようとすると、こんな画面が現れた。

「最後のパスワード更新から半年以上が過ぎています。ログインするにはパスワードを再設定して下さい」

え。私は怯《ひる》んだ。これまでタイムシートのシステムから「パスワードの再設定」を求められたことはなかった。しかし、思えば同じことが、社内の旅費精算システムでも近ごろ発生したばかりだ。あれもセキュリティ云々《うんぬん》の事情で定期的な「パスワードの再設定」を求めるようになった。何だ、最近これが社内で流行《はや》っているのか。思わず舌打ちしかけた。

もちろん、私は気づいている。同じ画面がレジェンドPCにも現れたはずだ。レジェンドは相変わらずPCオンチだが、今ならギリギリ自分でパスワードを再設定できるかもしれない。

私は思い切って、従来のレジェンド・パスワードでログインしてみることにした。すると、果たせるかな「ユーザー名またはパスワードが違います」の赤字……私は絶句するしかなかった。これはレジェンドが既に自分でパスワードを再設定したことを意味する。ああ、三年来のゲームが、ここに終わった。ゲームではない、ディールだ。それは私と会社を繋ぐ、さもしい赤い糸だった。今月から会社に食わせて貰えないと思うと、にわかに寂しくなった。

「……」

しかし、まだ諦《あきら》めるのは早い。月次承認まで、あと三日ある。

私は一案を講じ、ご在宅中のレジェンドに、Teams のチャットで接触を図った。

「S化学の件で、いまお電話できますか？」

なかなか返信が来ない。「ステータス」は「連絡可能（緑）」なのに、一向に既読にすらならない。私は苛立ったが、曰く「在宅はサボりだろ」。そうだ、レジェンドはきっと今ごろ、思う存分サボっているのだ。

二時間後、レジェンドから Teams で電話が来た。

「…………」

レジェンド、マイクがオフだ。

「…………」

私はメンド臭さに失神しそうになったが、チャットで「マイクがオフです」と伝えた。今まで千と繰り返してきた遣《や》り取《と》りだ。

「何だよ」

レジェンドは不機嫌だった。ひたすら私にシカトされたと思っているのだろう。私には不機嫌な声、で十分だったが、マイクと同時にカメラもオンになったらしく、レジェンドの顔が画面に大写しにされる。それをデスクトップの隅に寄せると、そこがバラエティ番組の「スタジオの皆さん」のようになった。

「S化学からピストン往復型《レシプロ》ポンプのことで相談を受けてます。五年前にウチが設置したもので、先月から振動と騒音が発生するようになったと」

　でっち上げである。

「ポンプ自体の問題なのか、繋いだ配管の問題なのか、例によって何とも言えない状況で」

「そんなの実際のモノを見ねえとわかんねえよ」

「ごもっともです。最終的にはそうなると思うんですけど、取り急ぎということで、Sサン現状の動画を送ってくれたんですよね。ちょっとそれを観《み》ていただきたいと思いまして」

「ビデオなんか観てもなあ」

「結構はっきりした動画ですよ。大体の周期特性はわかります。すみません、営業から絶対に明日中に回答しろと言われていて」

　レジェンドは据付に比べると、若干メンテナンスの方面には弱い。いつものように「第一章・そもそも論」をギャアギャア展開することなく「じゃあ観るか」との合意を取りつけたのは、それだけでも幸先《さいさき》がいいと言えた。

「で、ビデオは？」

　私は心に深呼吸すると「いまからSharePointのリンクを送ります」と、殺人予告のように告げた。

「大容量なのでメールの添付にはできません」

Teamsのチャットでリンクを送る。まずはレジェンドに「画面共有」させること。

これが第一関門だ。

「おおい、開けないぞ」

その通りだ。そのファイルはそもそも存在しない。

「あ、それIEじゃないと開けないんですよ」

「ああ?」

「ChromeじゃなくてIEで開いて下さい」

「ああ?」

台本通り。この展開にレジェンドは絶対について来れない。

「お前なに言ってんだよ」

「デスクトップに青い『e』のアイコンがあるじゃないですか」

「アイコン?」

「マークですよ」

いっときの沈黙。

「こいつか……よいしょ」

よいしょ。この掛け声で、レジェンドが「e」をダブルクリックしたことが知れた。

ちなみにファイルをドラッグする時は「よいしょおおおおお」になる。

「おおい、やっぱり開けないぞ！」

語気が荒ぶる。私は知らず前屈《かが》みになった。

「あれじゃないですか、それEdgeじゃないですか？」

「ああ？」

「EdgeじゃなくてIEですって。青じゃなくて水色の『e』。それ旧版じゃないと開けないんで」

私は捲《まく》し立て、遂《つい》に、

「何かもう、わけわかんねえよ！」

と言わせた！　不慣れな作業は老体に応《こた》えるらしい。思ったより早くレジェンドは匙《さじ》を投げた。

「岡本の説明はわかりにくいんだよ」

私は丁重に謝罪した。それから素早く唇を舐《な》めた。

「あの、これ以上お手を煩《わずら》わせるのもナンなので、アレですね、その、画面共有しますか……」

Teamsの「画面共有」では「制御」を要求できる。つまり私のこのマウスで、レジエンドＰＣを遠隔操作できる。

レジェンドは私の「制御」をあっさり承認すると、そのまま王のようにふんぞり返り、もう私に任せる投げやりモードになった。私は動悸《どうき》を高めた。

次に、レジェンドの注意をＰＣから逸《そ》らす。都合四クリックで事は済む。まずは私が「お気に入りバー」に追加した社内イントラにアクセスするのに一クリック。そこからタイムシートに飛ぶのに一クリック。そして「デバイスに記憶」させているはずのパスワードの可視化に一クリック。最後に元の画面に戻るのに一クリック……十秒、否《いや》、五秒もあればいい。五秒あればレジェンド・パスワードを奪還できる。

私はスマホを手にすると、レジェンド宅に電話を掛けた。私はレジェンドの個人情報ならだいたい把握している。生年月日も本籍地もマイナンバーカードの十二桁《けた》も加入している医療保険のグレードも、何だったら過去三年間の尿酸値の推移まで知っている。それがＩＴ介護スタッフなのだ。

じっと耳を澄ませた。イヤホンから「ピロロロロロッ」と、遠い呼び出し音が聞こえる。いままさにレジェンド宅の電話が高鳴っている。

ところが、肝心のレジェンドがノーリアクションではないか。私は目を疑った。まさか、聞こえていないのだろうか。

「あの、ご自宅の電話が鳴っていませんか？」

あまりにレジェンドが無反応なので、とうとう私は自分から訊ねた。何たる自作自演だ。レジェンドはしばし真顔になった後に「ああ、鳴ってんな」と、鼻クソをほじった。

「……出ないんですか？」

「電話あるの一階なんだよ。降りるのダルいからさあ」

ええええええ。私はいよいよ焦った。

「でも、奥サンからかもしれませんよ？　緊急の連絡かも」

「あ、いいのいいの。カアチャンなら出なくていいの」

何で？　そのとき呼び出し音が、留守電サービスに接続されてしまった。私は泣く泣く電話を切るしかなかった。

「で、早くビデオ観れるようにしろよ」

まだ諦めるのは早い！　私はキッと眦《まなじり》を決した。

「あれ……？　いまご自宅に、息子サンいらっしゃるんですか？」

藪《やぶ》から棒に言う。

「ああ？　いねえよ」

「でも、いま『ただいま』と声がした気がします」

ホラー戦術だ。咄嗟《とっさ》の思いつきだったが、これは、効果抜群だった。

「えっ……」

　レジェンドは絶句してしまった。さっと左右に目を走らせるものの、恐怖に背後を振り返ることはできない。目下、老人の一人暮らしだ。これほどピンポイントで怖い指摘もないのだと、言った後に気づきながら、予想以上の反応に恐縮しつつ、私は（いけ！）と、自らを鼓舞した。

「あれ……？　いま、階段を上るような音が……」

　流石《さすが》にレジェンドは青くなると「ちょっと見てくる」と、席を立った。レジェンドPCのカメラが立ち去るレジェンドの姿を捉《とら》えた。私は心にガッツポーズを決める間もなく、即座にタイムシートのログイン画面に飛んだ。

　果たせるかな、パスワードの「●●●●●●●」が「デバイスに記憶」されている。

　私は過去の自分とハイタッチを交し、すわ「パスワードの可視化」のアイコンにカーソルを走らせた。そして、ハッとあることに気づいた。

　右隅の充電アイコンに、三角の注意マークが出ている。ゼロパーセントになりかかっている。

　フッと接続が途切れた。

　え？

　レジェンドPCの充電が、ゼロになった。

え……？

いったい何故《なぜ》に、その瞬間まで気づかなかったのだろう。ようやくここまで持ち込んだのに、向こうの充電不足に行く手を阻《はば》まれてしまった。あと一秒でも早ければ「●●●●●●●」の正体を暴《あば》けたのに。

私は両手で顔を覆《おお》った。自分の不甲斐《ふがい》なさに泣けてくる。しかし、後悔に浸っている暇はない。最終手段は、レジェンドを出社させることだ。何としてでも三日以内に。


ここは「飲み会」が最善である。今回に限りレジェンドが呑兵衛《のんべえ》なのは僥倖《ぎょうこう》だった。発起人が私ではインパクトに欠けるため、私は部長にレジェンドが「渇いている」と、老中の如く耳打ちした。

「竹田《たけだ》は『師匠』を飲みにも連れて行けないのかと、少しご立腹でした」

そうして二日後の金曜に、会社の近くにある居酒屋で飲み会が催されることになった。直ちにレジェンドに打診すると「まあた竹田のやつか……仕方ねえなあ」と、レジェンドは謎に恩着せがましかったが、来る気マンマンなのはよくわかった。半日なら家を空けても構わないという。

「お前、ふざけんなよ」

飲み会の当日、レジェンドは午後から出社した。半月ぶりのご登場である。来て早々に何の因縁だと思ったら、レジェンドは先のホラー戦術を根に持っていた。

「鍵《かぎ》の締め忘れかと思ったけど、誰もいなかったぞ」

「すみません、あれですね、猫チャンだったのかも」

レジェンドが鞄《かばん》からPCを取り出す。その光景を見た私は、思わず言った。

「あの、充電器は差しっぱなしのほうがいいですよ。すぐに切れちゃいますから」

なに、根に持っているのは私も同じだ。案の定、レジェンドは「うるせえ」と言った。

「でもいちいち差すのは面倒じゃないですか？」

「ずっと充電させられっぱなしだと、機械が可《か》哀想《わいそう》だ」

可哀想だと？　見ると、レジェンドはPCの左側を撫《な》でていた。排熱ファンが内蔵されている箇所だ。

「俺は切れたら充電するよ。機械に長生きして欲しいから」

痰《たん》が喉《のど》に詰まったのか、レジェンドはゲホゲホすると、このごろ多いモーター駆動のコンプレッサーの話を始めた。従来、大型コンプレッサーはスチーム駆動と相場は決まっていたが、昨今はモーターでも相当の馬力を発揮できる。スチーム駆動だと蒸気配管の敷《ふ》設《せつ》がマストになるが、それには莫大《ばくだい》な費用がかかる。いっぽうモーターなら相応の高圧ケーブルは必要になるが、概ね配管敷設よりはコストが低い。そのため近年はモーター駆動、もとい電気のコンプレッサーが台頭しつつあり、これは電気自動車と同じ潮流であって、しかし、電気となると試運転の際に……これは不《ま》味《ず》い。レジェンド・スイッチが入ってしまったようだ。「充電」の一言がトリガーになったらしい。私はいちおう拝聴のポーズに努めたものの、次第に内容は「レジェンド」になり「俺がマレーシアで据付けたコンプレッサーはなあ……」と、またまた何度目かの述懐が始まる。私は（レジェンド……）と、天井を仰いだ。

　長話の挙句、ようやっとレジェンドがＰＣを起動すると、私ははっと虚を衝《つ》かれた。

　レジェンドが、普通にタイプしている。

「……」

　私は瞬《まばた》きを忘れた。突如、レジェンドの運指が「一タイプ入魂」を卒業していた。少なくともラフマニノフから覚えたての『猫踏んじゃった』にはなった。レジェンドだとあたかも高速タイプかと見《み》紛《まが》う。

　これは……レジェンドの野郎。家でタイピングの練習に励んだに違いない。だから「連絡可能（緑）」なのに返事が遅かったのだ。他の同僚なら何とも思わないだろうが、私はこの光景に舌を巻いた。「タイピング練習されたんですね」とは、あえて訊かなかった。

　レジェンドがタタタ！　と華麗にＰＣにログインすると、私は俄《にわか》に不安になった。このスピードのタイプに、私はついていけるだろうか。

「あれ？」

今日は月末だから、レジェンドはまずタイムシートを開こうとした。

「おおい、開けないぞ！」

イエス、その通りだ。在宅明けは、まず社内Wi-Fiに切り替える必要がある。待ってました、と私は救援に駆けつけ「ネットワークとインターネット」を開き、そして、デタラメを言った。

「あ、このパソコン、ウイルスに感染してるかもしれないです」

「ああ？」

この度の在宅につき、レジェンドは家の「電話の線」にPCを繋いだ。それだとセキュリティがー、ファイアウォールがー、パブリックネットワークがーと、私がゴチャゴチャ言い募ると、レジェンドは電光石火で音を上げた。

「じゃあ今日は仕事できねえじゃん」

「いえ、スペアのPCがあります」

私は料理番組のようにあらかじめ用意していたスペアを差し出した。そのまま有無を言わせず電源を入れる。これならパスワードは「デバイスに記憶」されていないから、レジェンドは確実に手打ちすることになる。その数秒間が、私に与えられた最後のチャンスだ。

「あ、今日は月末ですね」

「わかってるよ」

五分後、レジェンドがタイムシートを開いた。私はしれっとレジェンドの背後に回り、キーボードを俯瞰《ふかん》する位置に立った。いつでも来いと思った。

と、出し抜けにレジェンドが離席。私は危うく椅子に轢《ひ》かれるところだった。レジェンドのバイオリズム的に、コーヒーブレイクの時間だろう。どっと緊張が解けた。

私はいちど席に戻ると、覚醒系の目薬を差した。それから瞑目して精神統一の間を持った。何故に、自分はこれほどタイムシートを吹かしたいのだろう。いまは他の何より、レジェンドのパスワードを知りたい。フェアになりたかった。そうしないと、嫌いになってしまうから。私はいつだって、自分は仕事を好きでありたいと願い続けている。

レジェンドは二十分後に戻った。例によってコーヒーブレイクが長《なげ》え。私は心の中で十字を切った。恐らく一発勝負になる。

ピロロロロ、と、こんな時に電話！　それも机上の固定電話からだ。私は迷わず受話器を上下させようとしたが、その直前に同僚が取ってしまった。いつもは電話など取らない癖に、こんな時だけパーフェクトな機転を発揮されてしまった。

「岡本サン、営業の方から内線です」

まず、私は未だ「内線」を使う人間をボコボコにしたい。一体なぜTeamsの通話機能を使わないのだろう。会社が何のためにMicrosoftに課金しているのかがわからないのだろうか。社内では長らく「内線廃止」が叫ばれているが、こうした輩《やから》がいるから未だ実現を見ないままだ。この昭和の固定電話が私の机から消える日は一体いつになるのですか、と、以上のようなことを、私は「はい、岡本です」と答える口調のクールさに込めた。

「ああ、岡本サンですか？」

そうだと言っただろ、一刻も早く用件を告げろ！　幸いレジェンドは部長と立ち話中だったが、次の瞬間には終わるかもしれない。

「あの、ちょっといま、お時間ありますでしょうか？」

「ありますありますあります」

「あのですね、僕らの『客先対応チーム』あるじゃないですか？」

「はいはいはいはいはいはい」

Teamsに存在するグループチャットのことだ。

「その中の『新規事業開拓』チャンネルが、ここ最近、何者かに削除されてるんですよ」

「何者か」に削除されては復活させるものの「何者か」の削除行為は止まらないという。

履歴を見ると、犯人はレジェンド。

「あのお、ちょっと僕にはわかりかねるんですけど、一体どうして、そんなことをされるのでしょうか……？」

「……」

私は（マジか）と思った。レジェンドがそんなサイバーテロをやってのけたのか。本人に訊け、と思う前に、私はピンと来ていた。

「きっと『非表示』と『削除』を混同されてるんですよ」

「ああ、そういうことですか！」

レジェンド、やるじゃん……私はグッと胸がシビれた。なかなかレジェンドもわかってきているようだ。何か操作すれば、このやたら投稿の多いチャンネルは、俺のインターフェイスから消える。その方法を、レジェンドは自力で発見したのだ。

他意がないことに安堵《あんど》したのか、営業は鼻で笑った。

「まあ、ああいうオジイサンなら仕方ないですよねえ……」

レジェンドと部長のご歓談が終わった。私は焦り、一息に言った。

「あの、お言葉ですけど『客先対応チーム』は私もウザいと思ってます。一つのチームにチャンネルが乱立し過ぎだし、情報もあちこちに散らばってルールも糞《くそ》もないし、個人間で済むやりとりにも全員にメンションするし。チャンネルの一つや二つ、消したくなる気持ちはわかります」

営業は怯んだ。

「『非表示』と『削除』の違いは私から説明しておきます。でもね、そういう『オジィサン』とも仕事しなければならないのが弊社の実情ですから、今後はその辺の編集権限をもっとシビアにセットアップすることをオススメします。そんなに大事なチャンネルならね。あと今後は内線ではなくTeamsで連絡して下さい。はいはい、それでは失礼します」

ガチャン……ああ、またこの惑星に、敵をひとり増やしてしまった。だがいまはそんなことはどうでもいい。とうとうレジェンドがお戻りになった。レジェンドが着座すると、私は再び背後に回り、たちまち見得を切る歌舞伎《かぶき》役者の目になった。

こうしていると、レジェンドの来た三年前のことが、自《おの》ずと思い出される。私の前で、最初のパスワードを設定した時のことだ。

それは「RXf300350a」だった。何ともヘンテコな文字列である。きっと「パスワードは他人に推測されない無作為な文字列にせよ」との教えを愚直に守ったのだろうと思われた。「RXf300350a」。考えるにつけ、レジェンドらしからぬデジタルさだ。それこそ初期設定のパスワードのような。

果たして、それは無作為な文字列ではなかった。そうと気づいたのは、それから何年も経《た》ってからのことだ。

私は「資料室」と呼ばれる汚い小部屋にいた。客先からとうに製造中止になったポンプに関する質問を受けたのだ。古いポンプのことならレジェンドに訊け、だったが、そのころにはもうレジェンドはいなかった。

そんな時にたまたま「RXf300350a」を見た。埃《ほこり》を被《かぶ》った往年のカタログの中に、それは隠れていたのだ。強い既視感を覚えた。戻りの廊下で気づき「あ！」と大声を上げた。

「RXf300350a」は、レジェンドが独り立ちした技術員として、最初に据付けたポンプの型番だった。私はレジェンドの職務履歴書を見返した。その一行目に「RXf300350a」を発見した後も、私は長いあいだ、その連なる経歴を見つづけた。こりゃあウンザリするほど聞かされた「レジェンド」オムニバスそのものじゃないか。それにしても、経歴の欄に「ソ連」と「東ドイツ」が出てくる人物は、後にも先にも、レジェンドただ一人だ。

「RXf300350a」なら、レシプロ（R）、吸込みサイズ（300）、吐出サイズ（350）、その他の細かい附番。大方そんなところだろう。逆に何で今まで気づかなかったのか、私は自分に呆れた。

それは、レジェンドが二十七の時だ。一九七八年。「Soviet」の何と発音するのかわからない土地で、レジェンドは「RXf300350a」を据付けた。以後の長いキャリアの出発点である。

すると、こういう予想が立つ。次のパスワードは二番目に据付けたポンプ、すなわち「CXe300300a」ではないか。渦巻き型《セントリヒューガル》(C)、吸込みサイズ(300)、吐出サイズ(300)、その他の細かい附番。やはり、とうの昔に廃番になったものだ。

私は数年振りに、レジェンドの老いた手を思い出した。そういうパスワードだったらレジェンドには忘れ難かっただろう。そして、レジェンドのいた当時、自分がタイムシートを吹かしていたことも。それにはひとり苦笑いした。

はじめ、私はレジェンドが「メカに弱い」ことに、意外な印象を受けた。「メカに強い」ことだけが唯一《ゆいいつ》の取り柄だったような人だ。だが考えてみれば、それは何よりレジェンドらしいことだった。回転機のアライメントは、実際これ以上ないほどアナログな作業だ。決して図面の範疇《はんちゅう》には収まらない、どこまでも現場合わせの人間臭い作業だ。どれだけ世が自動化されても、最後に介入するのは人間の手だということ。私は、技術員でも何でもない自分が、ひとつ力を得たような気がした。

レジェンドの震える手が、いまからパスワードを打ち込む。これは私の動体視力とレジェンド・リサイタルの一騎打ちだ。絶対に出し抜いてみせる。

その左の薬指が厳《おごそ》かに「Shift」に触れ、それを慎重に押したまま、人指し指が「C」に伸びた。

君がため春の野に

SUGII HIKARU

杉井 光

杉井 光　Hikaru Sugii

1978（昭和53）年、東京都生れ。電撃小説大賞の銀賞を受賞し、2006（平成18）年電撃文庫『火目の巫女』でデビュー。その後電撃文庫「神様のメモ帳」シリーズがコミカライズ、アニメ化。ほかの著書に「楽園ノイズ」シリーズ、『世界でいちばん透きとおった物語』などがある。

僕の母は、四十代でなんの前触れもなく交通事故死した。

僕の父は、癌《がん》の告知を受けて五年後にホスピス施設のベッドの上で死んだ。

どちらがましな死に方なのかと考えると、後者だろうか。いつ死ぬのか察していた方が気の持ちようがある。どうせ人間いつか死ぬのだし。

でも、たとえば飛行機の墜落事故はどうだろう。他の交通手段と比べても死亡事故率は高くない、という厳然たる統計的事実をいくら突きつけられても、怖がって乗りたがらない人間が一定数存在し続けるのは、墜落死が怖いというよりも死が確定してから実際に地上に叩《たた》きつけられるまでの祈る以外になにもできない時間をありありと想像してしまうせいじゃないだろうか。

小説を書き始めてから、死ぬことについてよく考えるようになった。

なんの準備もできずに死んだ母は、「生活の続き」をたくさん残していった。日用品の買い物メモや、予約していた映画のチケットや、校正を引き受けた原稿が部屋に置かれたままになっていた。母の不在は日々の中でくっきりした輪郭に縁取られ、どうかすると生きていた頃よりもたしかに存在を感じられた。

　五年間の猶予《ゆうよ》を与えられた父は、様々なものを処分していった。不動産を手放し、車をすべて売り、服もほとんど捨て、雑誌連載はひとつずつ畳み、二桁《ふたけた》の人数がいた愛人たちとも次々に手を切り、携帯電話に記録された彼女たちとのメールのやりとりもみんな削除した。

　そうしてみると、死ぬ準備というのは「残すこと」ではなく、むしろ「残さないようにすること」なのかもしれない。死者がこちら岸に置いていくものの多くは生者にとってはただ重たいだけの廃材だ。雨を含んで苔《こけ》に覆《おお》われて動かせなくなってしまう前に、当人の手で焼き場まで転がしていくべきだろう。

　それでも、どうしようもなく消せないものもある。

　言葉はいつまでも残り続ける。人々の記憶の中で、日焼けしたページの間で、世界を覆うウェブの縦糸と横糸の織り目で。

＊

　だれでも一冊は小説を書ける、というよく聞くフレーズには、大抵の人は一冊しか書けない、という皮肉が含まれている。

僕が二十歳ではじめて書いた小説は、知り合いの編集者に認められて翌年出版され、ありがたいことにそこそこ売れた。しかし、バイトを辞めたのは決して専業作家になる自信があったからではなく、書店勤務だったからだ。自著を勤め先で目にしたり、自分で棚に並べたり、自著が売れる様子（あるいは売れない様子）を直《じか》に目撃したり、著者であることが同僚にばれたり、といった場面を思い浮かべると気恥ずかしくてしょうがなかったのだ。

母が遺《のこ》してくれたマンション一室と生命保険金でいくらか余裕があるとはいっても、何年も働かずに暮らせるほど大ヒットしたわけでもない。すぐに次を書かなければ飢え死にしてしまう。

わかってはいても、とにかく書けない。

もとより小説家を目指していたわけではない。珍しい実体験を元にしてたまたま一本書けてしまっただけだ。これはデビュー作のみで終わる作家にありがちなパターンだと思う。時間は無為に過ぎていく。ノートPCの画面に開きっぱなしでもう何週間も真っ白なままのテキストエディタを見つめ、ぼんやりしたまま夜明けを迎える。マグカップの底ではコーヒーの飲み残しが乾いてひび割れ、亜麻色の三日月をつくっている。

からっぽの僕を救ってくれたのは、担当編集である深町霧子《ふかまちきりこ》さんだった。

「アンソロジーのお話が来ているんです。テーマが決まった短編であれば燈真《とうま》さんも書きやすいのではないでしょうか」

請けるかどうかだいぶ迷った。アンソロジーとなると、やっぱり書けなかった、となったときに僕以外の作家にも迷惑をかけることになる。

でも、せっかく霧子さんが取ってきてくれた仕事なのだ。失望させたくなかった。

一ヶ月後、入稿したときの安堵《あんど》感《かん》は、腰から下がみんな液化してしまったのかと錯覚するほどのものだった。

「ほんとうによかったです。安心しました。燈真さんはちゃんと二作目を書ける方でした。三作目も四作目もきっと書けます」

霧子さんはまだ二十代、文芸編集者の職歴は数年だけれど、それでも書けなくなって潰《つぶ》れた作家を何人も見たり話に聞いたりしてきたのだろう。

アンソロジーの撰者《せんじゃ》であるミステリ評論家の粕壁《かすかべ》さんに、会食に誘われたのは入稿から二週間ほどたった頃だった。

『ただの雑多な飲み会ですよ。アンソロジーに載る他の作家先生も来ますし、ライターや脚本家なんかも来ます。藤阪《ふじさか》さんもぜひ』

わざわざ電話をかけてきてそう言われたのでは断りづらい。まだ一冊出しただけの赤ん坊に等しい新人としては、業界人に囲まれるのは恐怖でしかなかったが、今後の仕事につながるかもしれないのだ。それに、粕壁さんとはデビュー前からの知り合いで、処女作刊行の際にも激推ししてもらった恩がある。

「はい、それじゃ伺います。……ええと、霧子さん——深町さんはその飲み会に来たりするんでしょうか」

霧子さんとは高校生の頃からプライベートでの付き合いがあったので、人前でもついつい下の名前で呼んでしまう。今後改めなくては、と自戒する。

『いや、深町さんはお誘いしてませんが……編集ですからお忙しいでしょうし。ご一緒の方がいいですか？』

「いいえ、そういうわけじゃないです。すみません」

会食に付き添いが必要なんて子供みたいじゃないか。僕はあわてて言いつくろい、電話を切った。

＊

居酒屋の大座敷が会場で、かしこまった空気は皆無の飲み会だった。参加人数二十人以上、テーブル四つが埋まる大宴会だ。特に店を貸し切っているわけでもなく、ふすま一枚を隔てた隣からはサラリーマンの一団の酒焼け声が響いてくる。

考えてみれば、生まれてはじめての飲み会だった。僕は高卒でアルバイターになったし、勤め先の書店でも酒席をともにするような人間関係は一切築いてこなかった。酒もその日はじめて口にした。熱が頭蓋骨《ずがいこつ》と脳の隙間《すきま》にぬるりと入り込んでくるような感覚がやってきたのでハイボール一杯だけでやめておいた。

「推理小説協会はねえ、若い人が少なくて、会合にまで出てくれる若手さんとなると貴重なんです。最近協会内に『若手作家の会』なんてできましたけれど、これがなんとアンダー45が条件ですからね、人生折り返してなきゃ若手扱いなんだから、いかに年寄りばかりの世界かわかろうというもんです」

　主催者の粕壁さんは、人見知りの僕がいたたまれない気分にならないようにと気を遣ってちょくちょく話しかけてくれる。かくいう粕壁さんも六十代、総白髪の老仙といった雰囲気の男性なのだけれど、気さくで話し好きなので一回りも二回りも歳下《としした》の作家から慕われていて、こうして主催する飲み会も参加者の年齢層が実に幅広い。

「藤阪さん、おいくつでしたっけ？　二十二歳。文句無しに協会最年少ですな。今回のアンソロジーも、『ＳＮＳがテーマ』なんてぶち上げたはいいが、私はネットには疎《うと》くてね。必死に若い作家さんに声をかけまくりましたよ。藤阪さんに書いていただいてほんとによかった。着眼点からしてちがいましたね。良い短編でした。次も楽しみにしていますよ」

アンソロジーが話題にのぼったので、寄稿した他の作家たちも僕たちのテーブルに集まってくる。みんなだいぶ酒が進んでいて座布団《ざぶとん》の数など気にせず鮨詰《すしづ》めになる。だいたいみんな三十代だろうか、たしかに僕の中の推理作家イメージよりもかなり若く、出てくる話題も最近のミステリに加えて漫画やゲームや映画と僕になじみのあるものばかりで、なんとか引け目を感じずに話に加わることができた。

二十二時を過ぎ、卓上の料理があらかた食い尽くされ、水割りばかりが注文されるようになった時分、座敷の入り口あたりが騒がしくなった。

「遅くにお邪魔してすみません」

そう言って座敷に入ってきたのは、明るいクリーム色のウールコートを着た髪の長い女性だった。くたびれきった表情で化粧ののりも悪そうだったけれど、それでも色褪《いろあ》せない華やかさがある。なんというか、職業的な美貌《びぼう》の持ち主だった。年齢は二十代から四十代までのどこでもあり得そうな気がした。スーツ姿の神経質そうな男性を隣に伴っていて、作家の飲み会にはあまりにも場違いな雰囲気で、部屋を間違えたのではないかと一瞬勘ぐった。

「ああ、薗田《そのだ》さん！　小《こ》暮《ぐれ》さんも。来てくださったんですね」

粕壁さんがそう言って腰を浮かせた。ちょいと失礼、と僕の後ろを通り抜け、女性を出迎える。

テーブルの向かいの作家さんが小声で言った。

「薗田芹香《せりか》さん、アナウンサーの。知ってるよね？」

「いや、テレビあんまり見ないんで、すみません……」と僕は首をすくめる。

「推理小説協会に入ってるんだよ、ミステリ好きで、テレビとかラジオとかでもよく紹介してて」

なるほど、それで一見場違いなこの飲み会に顔を出したわけか。連れの男性はマネージャーだろうか。

薗田芹香は周囲に慇懃《いんぎん》に挨拶《あいさつ》を振りまいた後で僕からいちばん離れたテーブルにつき、お茶を注文する。彼女の周囲にだけまばゆい光の粒が群れて浮遊しているように錯覚する。

顔に見憶《みおぼ》えはない。

しかし、薗田芹香、アナウンサー、というのは最近どこかで目にした気がする。

粕壁さんとなにやら真剣そうに話し合っている二人を横目でちらちら見ていると、じきに思い出した。

「……ああ、橋爪《はしづめ》先生の奥さんでしたっけ」

僕と同じテーブルの作家たちがうなずく。

「そう。こないだ亡《な》くなった」

「急なことだったから色々と大変らしい。まだ片付いてないのかな、あの様子だと」

橋爪錬太《れんた》朗《ろう》は、僕も愛読していたベテラン推理作家だ。金銭がらみの欲望をドライに描き出すサスペンスミステリで人気を博し、文壇の最前線で長く活躍していた。昨年の暮れに大動脈解離で急逝しており、楽しみにしていたシリーズ最新刊を読んだ直後の訃《ふ》報《ほう》だったので僕もびっくりしたのを憶えている。記事で喪主として記されていたのがフリーアナウンサー薗田芹香の名前だった。

橋爪先生はたしか六十過ぎだったはずで、その配偶者だからということで年配女性を想像していたのだけれど、あんなに若い人だったのか、と僕は内心驚く。

その後さらに驚くことが起きた。粕壁さんが僕を呼んだのだ。

「藤阪さん、ちょっとこちらに来てもらえませんか。薗田さんがお話があると」

まごつきながらも席を立ち、自分のグラスを持って粕壁さんたちのテーブルに赴いた。

薗田芹香の真向かいに座る。彼女は不安そうな目で僕と粕壁さんを見比べ、その隣のスーツの男性はあきれて早く帰りたがっている雰囲気を表情に滲《にじ》ませている。

「こちら、アナウンサーの薗田芹香さん。協会員でして、イベントのＭＣなんかもよくお願いしているんです。こちらはＫＬエージェンシーの小暮幹人《みきと》さん。出版エージェント会社で、橋爪錬太朗先生のマネジメントもしておられまして」

二人分の名刺が出てくるので僕はわけもわからず受け取る。小説家になってから名刺をもらう機会が増えたので、自分も作ろうかな、と思い始めていた。一方的にもらうだけだとなんだか居心地が悪い、という理由だけなのだけれど。

「はじめまして、薗田です」

芹香さんは注意深く距離を測る感じの口調と表情で僕に言った。それでも好印象しか与えないのはすごいものだ、と僕は感心する。

「藤阪燈真です」と僕は頭を下げる。「話がある、って、ええと」

「藤阪さんはＳＮＳにお詳しいんですよね？」

は？　と声に出しそうになる。

代わりの言葉を僕が思いつくよりも早く粕壁さんが横から言った。

「そうそう。今回のアンソロでもまったく思いもよらぬ切り口で書いてくれましたし。それに藤阪さん、創作だけじゃなく実際に名探偵なんですよ。私も目の前で鮮やかな謎《なぞ》解《と》きを見せてもらったことがあります」

僕は両手で顔を覆いたくなった。

粕壁さんはたいへん気配りができて義理堅い人格者だけれど、ノリが良すぎるきらいがあり、以前僕がちょっとした手品めいた芸当を見せたところ、本気か冗談かわからないが名探偵扱いしてくるようになったのである。

「いや、あの、べつに全然詳しくないですよ。アカウントも主要なＳＮＳのは一通り持ってますけど、どれも見る専ですし……」

「でもシステム的なこともよくご存じでしょう。私なんてリプライとリツイートのちがいもわかってませんでしたからね」

それは普通だれでも知ってます、と正直に答えると粕壁さんに失礼すぎるので言葉に詰まってしまう。

「詳しい人の知恵をお借りしたい、と思って来たんですけれど……」

芹香さんは残念そうに顔を曇らせる。

「まあ、我々には思いつかないような見解があるかもしれませんし、色んな人に話を聞いていただくのは悪くないと思います」と小暮幹人氏が素っ気なく言った。

「私じゃお力になれませんでしたしね」と粕壁さん。

「そうですか。それじゃあ、藤阪さん――あと、他の方たちも、差し支えなければ相談に乗っていただけますか。夫のＳＮＳのことなんです」

芹香さんが、控えめではあるけれどよく通る声で話し始めると、一座は雑談をすっぱりやめて聴き入った。

「みなさんもご存じの通り、橋爪は去年末に身《み》罷《まか》りました。急なことだったので特になんの備えもしておらず……。重要な暗証番号やパスワードは共有していたのですけれど、ＳＮＳのアカウントはパスがわからないままなんです」

「先生のＰＣから触れるんじゃないですか。普通ログインしっぱなしのはずだし」

だれかが口を挟むと芹香さんは首を振った。

「ＰＣのブラウザからは、新刊告知などに使っていた仕事用のアカウントしかログインできないんです。それとはべつに日常のちょっとしたことを気ままにつぶやく個人アカウントを持っていて、そちらはどうやらスマホだけでアクセスしていたようで」

「ああ、そういう人けっこういますね。書き込むアカウントを混同しないように端末をきっちり分けるっていう」

「スマホもアンロックできないってことですか」と僕は訊《たず》ねた。

「はい。夫や私の誕生日など、いくつか番号を試してみましたが、だめでした。ＳＮＳのパスワードをリセットしようにも、リセットのためのメールがスマホに送られるわけなので手が出せないんです」

亡くなった人のスマホが開けなくなる問題は近年多発していると聞く。

「いやあ、それはもうあきらめるしかないんじゃ」

「家族が申請したところで会社は対応してくれないですよね、そういうの」

「休眠アカウントってそのうち消されちゃうんだっけ」

作家たちがそう話すのを聞いて芹香さんは少しあわてた顔になる。

「すみません。ログインできないこと自体が問題じゃないんです」

「……ええと。それじゃ、なにが」

「夫のアカウントが今でもまだつぶやき続けてるんです」

全員が黙りこくった。

芹香さんがスマホを取り出し、SNSのアプリを起動して僕の前に差し出す。

橋爪錬太朗（個人用）、というユーザー名のアカウントだった。最新のつぶやきはおとといの日曜日だ。競馬のレース結果についての感想。芹香さんの指先が液晶画面の上を滑り、スクロールさせる。三日に一度くらいつぶやかれている。話題は競馬のことや投資のこと、経済関連のニュースへのコメントなどが多い。橋爪錬太朗の作風から想像できるイメージそのままの内容だった。

しかし、彼は三ヶ月前に死んでいるはずなのだ。

「予約投稿じゃないんですか」と作家の一人が言った。「橋爪先生が生前に――」

芹香さんが口を開く前にべつの作家が遮る。

「いや、無理だろ。どうやって相場とか競馬の結果を知るんだよ」

「あ……そうか」

みんなそれぞれ自分のスマホを取り出し、橋爪錬太朗（個人用）のつぶやきをたどり始めた。僕もそれにならう。

生前のつぶやきも、競馬、麻雀《マージャン》、株に為替に仮想通貨、とお金がらみの話題ばかりだった。ごくたまに推理作家らしく読んだ本の感想もある。

「生前のと比べても、亡くなった後のも橋爪先生の書き込みに見えるな」

「いや、これくらいだれでも真似《まね》できるでしょう。絶対に先生しか知り得ないような情報が書いてあるわけでもないし」

「普通に考えて、だれかがログインパスワードを知ってて、先生っぽいことをつぶやいてるんでしょう。先生はこのアカウントだれかと共有しているみたいなことは言ってませんでしたか？」

推理作家の集まりらしく、推理と審問が始まってしまう。芹香さんの代わりに小暮氏が答える。

「いいえ。私も薗田さんもそういう話は聞いていませんね。仕事告知用アカウントの方は私がパスを教えてもらって管理していましたが、こっちは個人アカウントですし」

「じゃあパスクラックされたんじゃないですか」

「だれかがいたずらでてきとうにパス入れたらログインできちゃったのかも」

「その割にはちゃんと橋爪先生っぽい書き込みができてる」

「やっぱり知り合いじゃないですか」

そこで小暮氏が「薗田さん、あの件も話しておいた方が」と促し、芹香さんがうなずいて再び口を開いた。

「あの、『新しい端末からログインがありました』という通知がありますよね。あれが夫のメールアドレスにしょっちゅう届くんです。場所も書いてあるんですけれど、毎回ばらばらで。愛知県、三重県、北海道、一度だけ台湾からというのもあって」

推理作家たちは顔を見合わせた。

「なりすましが一人だけじゃないってこと？」

「いや、全国回ってるだけじゃないの」

「にしても台湾まで」

「そもそもあの位置情報って全然あてにならないらしいけど」

「ひょっとしてパスがどこかに晒《さら》されちゃってるんじゃないですか」

「いや、不特定多数がログインできるなら絶対にだれかが荒らすでしょ。変なつぶやきしたりパス変更したりとか」

先輩作家たちが推理を戦わせている傍で、僕はひとつ思いついたことがあったのだけれど、口を挟めるような空気ではなかったので黙っていた。

ところが粕壁さんが無駄な勘の良さを発揮する。

「藤阪さん、なにか考えついたみたいですが、よければ言ってみてください」

とたんに注目を集めてしまう。僕は目を伏せた。

「いや、ええと、……ただの思いつきですけど。不特定多数にはわからない形でパスワードが公開されてるんじゃないでしょうか」

　僕に集められた視線のうちのいくつかが訝《いぶか》しげに傾《かし》いだ。僕は急いで先を続ける。

「つまり、橋爪先生に好意的な人だけ——コアなファンだけがわかるような形、たとえばですけど作品にＳＮＳが登場したりして、それのパスワードが実際に先生のアカウントのパスで、とか、いや実際はもっとひねってあるのかもしれませんけど、暗号になってたりとかで」

　大勢を前にして喋《しゃべ》る経験が乏しいものだから要領を得ない話し方になってしまう。

「実は僕、今回のアンソロの短編を書いたとき、作中に出てくるＳＮＳアカウントを実際に作って、読者が自由にログインしてつぶやけるようにしたら面白いんじゃないか、ってちょっと考えたんですよ。橋爪先生も同じこと考えたのかも」

　芹香さんは考え込む。すぐ食いついてくるのは作家連中だ。

「あり得なくはないですね」

「今まで出た説の中ではいちばん矛盾が少ない」

「最近の作品だとたしかにＳＮＳが出てきたのがいくつかあったなあ」

「まんまＳＮＳとは限らないでしょ、もっと凝った伏せ方してるのかもしれない」

「ミステリ作家ならそういう仕込みもやりそうではある」

「俺けっこう橋爪先生のファンなんだけど気づけないのは悔しいな」

いや、なんの根拠もない思いつきですからね？　と断りを入れたくなったが、酒の勢いも手伝って推理作家たちは僕の推理をさらに発展させて盛り上がり始め、口を挟む隙がなかった。

代わりに水を差したのは小暮氏である。

「私は当然、橋爪先生の作品はすべて精読していますが、そんな記述はありませんでしたけれどね……」

不機嫌そうに僕をちらと見るので、「ただの思いつきなので」と消え入りそうな声で言い訳する。

「それで、薗田さんはどうされるおつもりなんですか」

作家の一人が風向きを変えてくれる。

「なりすましに困っているなら、とりあえず仕事告知用アカウントの方で注意喚起をしておいた方がいいんじゃないでしょうか。あとは対応してもらえるかどうかわかりませんけど運営会社に連絡して」

「今のところ実害は出てないんです」

芹香さんはさみしそうにうつむいて言った。

「夫が書きそうなことばかり書かれてますし、ファンの方も家族が引き継いでつぶやき続けてるんじゃないかって思ってるみたいですし。ただ、だれがなんのためにしているのか、不思議で……」

ただ不思議がっているだけなら、なぜわざわざ相談して回っているのか、という疑問を僕は舌の裏側で転がし、飲み込んだ。

たぶん彼女は、夫の魂が今でもネットの波間に漂っている、という幻想に浸りたくて、はっきり言葉にしてくれるだれかを求めているのだ。この飲み会に顔を出したのも、小説家ならそういうロマンチストが多いかもと期待してのことじゃないだろうか。

けれど残念なことに僕らは物語の外側においては救いがたいほどに貧しいリアリストであり、しめきりと銀行残高の心配で手一杯だった。だからそれ以上に気の利《き》いた推理はだれも提示できず、芹香さんはまたしばらく粕壁さんと小声で話し合い、それから茶一杯しか飲んでいないのに会費を置いて小暮氏といっしょに帰っていった。

＊

翌朝起きると、頭の芯《しん》に紙粘土の塊みたいな酔いがまだ残っていた。ハイボール一杯でこれだ。どうやらアルコールには相当弱いようだ。酒を無理に勧めてくるような雰囲気の飲み会じゃなくてほんとうによかった、と思う。

冷蔵庫のペットボトルに残っていた緑茶を一気に飲み干すと、母の書斎に行った。母が死んで以来ずっと執筆場所として使っている部屋だ。母はフリーランスの校正者だったので、辞書や資料が書棚にぎっしり充実していて便利なのだ。母を亡くして独り暮らしになってからもう三年以上たっているのだけれど、いまだに書斎のデスクに腰を落ち着けると「黙って勝手に使っている」ような後ろめたさがにじみ出てくる。

あえて打ち消さず、そのまま嚙《か》みしめることにしている。事実だからだ。母は僕に与えるものも与えないものも選ぶことなく唐突に死んだ。部屋に残されているすべては永遠に借り物だ。むなしい考え方かもしれないけれど、原稿に向かうときにしんと意識が冷えて落ち着くくらいの効用はある。

ただ、その朝は前日の飲み会のことが気にかかって、原稿ファイルを開く気になれなかった。

ネットで橋爪錬太朗と薗田芹香について調べてみる。

二人の結婚は八年前。橋爪先生が五十六歳、芹香さんが二十九歳のときだ。橋爪先生は売れっ子だったことに加えて投資の才能もあったらしく、かなりの資産家で、親子ほども歳の離れた結婚は当時『資産狙《ねら》い』との噂《うわさ》も囁《ささや》かれ——

気分が悪くなってきたのでそれ以上の検索はやめた。

ＳＮＳであらためて橋爪錬太朗（個人用）のアカウントのつぶやきをずっと遡《さかのぼ》って読んでいく。プライベートアカウントにもかかわらず、家庭的な内容、とくに妻への言及が一切ないのが気にかかった。株、競馬、株、競馬、麻雀、読書、また株、競馬という繰り返しだ。

二人の間には子供もいないらしいし、芹香さんの方もアナウンサーの仕事で毎日忙しいみたいだし、夫婦の時間はあまりとれていなかったのかもしれない。それでなくとも家族についてＳＮＳになにか書かなきゃいけないという決まりもない。それはわかっているのだけれど。

もし僕が死後に魂だけログインしっぱなしでこの百四十字の区切りの中に取り残されてしまったのだとしたら——

もう少しちがうことを語る気がする。

頭を振って、くだらない考えを掃き散らした。

ひとつだけ気になるつぶやきを見つけた。今年の一月七日だ。

『株は堅調。久々の麻雀は口三味線を弾きつつ白をツモっての役満で大勝。競馬も三連複で的中。勝ち馬は母子制覇。前目でレースを運べば堅い。帰りに浅草フランス座で漫才を観る。これで家に帰れば完璧《かんぺき》、大満足。』

他のつぶやき同様、投資とギャンブルと遊びの話なのだけれど、この日だけ妙に上機嫌なのだ。他のつぶやきでは、株でも馬でもどれだけ大勝ちしようと淡々と事実だけ述べているものばかりなのに、一月七日だけ『完璧、大満足』とまで書いている。

この日、なにかあったのだろうか。

いやいや、ちょっと待て。今年の一月七日なんだから橋爪錬太朗はとっくに亡くなっている。このつぶやきはなりすましだ。橋爪錬太朗本人のクールさを忠実に真似しきれなかった、というだけのことだろう。

色々とばかばかしくなってきて、僕はノートＰＣを閉じてしまった。

芹香さんが具体的になにかしてくれと頼んできたわけでもないのだ。詮索《せんさく》したって意味がない。忘れよう。

＊

けれどその週末、次回作の打ち合わせのために我が家にやってきた霧子さんに、その奇妙な現象のことを話してしまう。

「亡くなった橋爪先生が――ですか」

霧子さんはこういう話を聞いたとき、少女の顔になる。大きな目をさらに大きく見開いてこちらをじっと見つめてくるのだ。僕が高校生、彼女が新入社員の頃に知り合い、もう五、六年のつきあいになるけれど、変わらない。普段は理知的で奥ゆかしい文芸編集者の鑑《かがみ》みたいな女性なのに、ひとたび興味をそそられる事物が目の前に現れると知的探究心に火がついてエンジンの回転が止まらなくなるのだ。

「詳しく聞かせてほしいです。その飲み会での、みなさんの話された内容を、なるべく正確に教えていただけませんか」

そう言ってくれるだろうと期待して僕も話したので、なるべく細かく思い出して霧子さんに伝える。

聞き終えた霧子さんは、「失礼します」と断ってスマホを取り出し、橋爪錬太朗の個人用アカウントを開き、ログを読み始めた。

「……一月七日。ああ、これですか、燈真さんが気になったのは」

「あ、はい。でもそれは多分勘違いで」

僕の返答には小さくうなずいただけで、霧子さんはまた文面に目を戻す。彼女の細い指先が液晶画面をひっきりなしに掻《か》き、生者と死者の境目を踏み越え、過去へと言葉をたどっていく。

しばらくしてから霧子さんは目を上げ、ふと言った。

「薗田芹香さんの連絡先はご存じですか？」

「え？　……ああ、はい、粕壁さんに訊《き》けばわかると思いますけれど」

「では、すぐ連絡をつけてくださいますか」

僕は目をしばたたく。

「はあ。じゃあ、後でメールしておきます」

「いえ、できれば今この場で。至急確認しなければいけないことがあります」

唾《つば》を飲み込み、自分のスマホをつかんだ。霧子さんは冗談や勘でこういうことを言う人ではない。彼女が至急と言うからには理由があるのだ。

粕壁さんに電話し、急用だと伝えて芹香さんの番号を教えてもらう。

『……はい、薗田です』

幸運にも、６コール目でつながった。

「あっ、あの、先日、粕壁さんの飲み会でお逢いした藤阪です。ええとですね、例のＳＮＳの個人用アカウントの件で」

霧子さんの顔をちらちら窺《うかが》いながら話を切り出す。霧子さんが声をひそめて言った。

「橋爪先生のメールアドレスに、ＳＮＳのアカウントが乗っ取りを受けている可能性があるだとか、すぐにパスワードを変更しろだとか、そういう注意喚起のメールが来ていないかどうか訊いていただけますか」

僕はわけがわからないまま霧子さんの質問をそのまま芹香さんに伝えた。返ってきた答えに驚きながら霧子さんへと中継する。

「……はい、そういう内容のメールが来てたそうです。ただ、パス変更はできなかったと。古いパスがわからないので。心当たりのを一通り入力してみたけれど全部ちがっていたそうで」

「入力してしまったんですか」

霧子さんは悔しげに下唇を嚙んだ。

「では、もう警察に通報するしかないです」

僕はびっくりして彼女の顔を凝視した。

＊

出版エージェントの小暮幹人氏が逮捕されたのは、その翌週のことだった。粕壁さんからの電話で、ことのあらましを教えてもらった。

容疑は、不正アクセス禁止法違反、それから業務上横領。

仕事終わりの霧子さんとの夕食の席で、聞いた話をそのまま伝える。

「……要するに、フィッシング詐欺《さぎ》だったってことですか」

僕が訊ねると霧子さんはうなずく。

「そうですね。薗田さんという特定個人を狙い撃ちしたフィッシング、ということになると思います」

偽《にせ》のウェブサイトに誘導してなんらかのパスワードを打ち込ませ、盗むという常套《じょうとう》的な詐欺。

小暮が狙ったのは、芹香さんが夫と共有していたという『重要なパスワード』だった。計画を思いついたのは橋爪錬太朗の死後すぐだという。故人のＳＮＳを整理していた小暮は、個人用アカウントのログインパスワードが仕事用のそれと同じであることに気づく。さらに、故人が海外の仮想通貨取引サイトを利用しており、時価総額四千万円もの仮想通貨が相続処理から漏れたまま放置されていることにも気づいてしまう。

新興の取引サイトであり、口座変更処理のための確認事項がかなり緩かった。ユーザーとしてログインさえできれば、その四千万円をオンライン作業のみで着服できる。

小暮の計画はこうだった。

まず、橋爪錬太朗（個人用）のアカウントのパスを、自分しかログインできないように変更してしまう。それから、まるで死者が書き込んでいるかのような内容を定期的に投稿し、芹香さんを不気味がらせる。『新しい端末からログインがありました』通知を捏造《ねつぞう》し、ばらばらな位置情報を添えて橋爪のメールアドレスに何度も送りつけ、アカウントのパスが多数に漏れているかのように装《よそお》う。仕上げに、パス変更を促す警告メールを出す。

心配になった芹香さんは、パスを変更するためにまずログインしようとして、夫の使っていたパスワードを片っ端から試してしまったのだ。入力したそのサイトは、ＳＮＳ

公式を装った小暮のサイト。入力内容は小暮に筒抜けになる。

　入手したパスのうちのひとつが、仮想通貨取引サイトのパスに合致してしまう。複数のサービスで同じパスを使い回すというのは、だれでもやりがちな手抜きだ。

　逮捕時、すでに仮想通貨は売却され、換えられた現金は小暮の口座に振り込まれて即座に借金返済に充《あ》てられてしまっていたという。

　以上が、粕壁さんから聞いた事件の経緯だった。

「……でも、僕からの話を聞いただけでよく詐欺だってわかりましたね」

　霧子さんは神妙そうな面持ちで答える。

「確証はありませんでしたけれど、おかしい点がありましたので」

「ええと……どのあたりが」

「薗田さんは、橋爪先生の個人用ＳＮＳアカウントについて『パスをリセットしようとしてもリセットのためのメールがスマホに送られるので開けない』と仰《おっしゃ》っていたのですよね。つまりアカウントに紐付《ひもづ》いているのはスマホのアドレスです。となると『新しい端末からログインがありました』の通知もスマホに行くはずなんです。それが、薗田さんでも閲覧できるアドレスに送られてきた、ということは、偽物です」

　僕は唖然《あぜん》とした。考えてみればたしかにその通りだ。

「……もっと早く気づいていれば……」

「燈真さんが責任を感じることはないです」

気休めではなく心底そう思っていることがよく伝わってくるはっきりした言い方は、かえって僕を落ち込ませた。

「それに、燈真さんはもっと大切なことに気づいていましたし」

両手で顔を覆いかけていた僕は、視線を持ち上げて霧子さんの目を見た。

笑っていない。慰めるための柔らかさもない。ただ僕をまっすぐ貫いて現実につなぎとめる目だ。

「一月七日のつぶやきです。違和感があったとおっしゃいましたよね」

僕はうなずいたのだか首をかしげたのだかよくわからないしぐさをした。

「……なにか意味あったんですか、あれ」

「はい。暗号——のようなものですね」

霧子さんは傍らのバッグからスマホを取り出し、SNSのアプリを起動して僕の前に差し出した。橋爪錬太朗（個人用）の今年一月七日の投稿を表示させる。

『株は堅調。久々の麻雀は口三味線を弾きつつ白をツモっての役満で大勝。競馬も三連複で的中。勝ち馬は母子制覇。前目でレースを運べば堅い。帰りに浅草フランス座で漫才を観る。これで家に帰れば完璧、大満足。』

「一月七日ですから、これは春の七種《ななくさ》です」

言われて僕は液晶画面と霧子さんの顔を二度見比べた。七種？

彼女の指先が文字をたどる。

「まず、『株』。これは蕪《かぶ》、つまり『すずな』ですね。次に口『三味線』、これは三味線草、『なずな』の別名です。『白』は『すずしろ』、大根ですね。『母子』制覇、とありますが、母子草は『ごぎょう』の別名。そしてレースを『運べ』ば、と『はこべ』があります。最後に『フランス座』、これは仏座と略せば『ほとけのざ』です」

ため息しか出てこなかった。

「……でも、六つしかないですよね。あとひとつは――なんでしたっけ……」

「はい。ですから、『家に帰れば完璧』なんです」

ああ、と声が漏れる。

芹香、だ。

家で待っているひとがいて、七つがそろい、満たされる。

春の野で袖《そで》を雪にまみれさせながら菜摘し、健やかに穏やかに生活をともにし、ともに老いていくことを祈り――ただそれだけで……

もう待ち人は帰ってこない。言葉だけ残して、朝の光の中に消えてしまった。

芹香さんに、知らせるべきだろうか。

いや、彼女はとっくに気づいていたのじゃないか？

気づいて、信じたくて、僕ら小説家を頼った。

「……粕壁さんが、あの、小暮さんと昔からの知り合いで、今後のこと話し合うために警察署まで接見に行ったそうなんですけど」

僕は霧子さんの手元でぼんやり光を宿したままのスマホに向かって言う。

「小暮さん、こんなこと言ってたそうです。『一月七日のつぶやきだけは投稿した記憶がない』、って」

そっと視線を持ち上げた。

霧子さんは、ようやく笑ってくれている。

「そうですか。……その不思議は、不思議のままにしておいた方がよさそうですね」

僕もちゃんと笑い返せた。素敵な推理だった。

所収一覧

「かわうそをかぶる」　小説新潮　二〇二三年三月号

「まぶしさと悪意」　小説新潮　二〇二三年三月号

「霊感インテグレーション」　小説新潮　二〇二三年三月号

「ヤリモク」　単行本『#真相をお話しします』収録

「あなたに見合う神さまを」　小説新潮　二〇二三年三月号

「タイムシートを吹かせ」　小説新潮　二〇二三年三月号

「君がため春の野に」　書きおろし

紺野天龍著

幽世《かくりよ》の薬剤師

薬剤師・空洞淵《うろぶち》霧瑚《きりこ》はある日、「幽世」に迷いこむ。そこでは謎の病が蔓延しており……。現役薬剤師が描く異世界×医療ミステリー！

清水　朔著

奇譚蒐集録
―弔い少女の鎮魂歌―

死者の四肢の骨を抜く奇怪な葬送儀礼。少女たちに現れる呪いの痣《あざ》の正体とは。沖縄の離島に秘められた謎を読み解く民俗学ミステリ。

町田そのこ著

コンビニ兄弟
―テンダネス門司港こがね村店―

魔性のフェロモンを持つ名物コンビニ店長（と兄）の元には、今日も悩みを抱えた人たちがやってくる。心温まるお仕事小説登場。

三川みり著

龍ノ国幻想1
神欺く皇子

皇位を目指す皇子は、実は女！　一方、その身を偽り生き抜く者たち――命懸けの「嘘」で建国に挑む、男女逆転宮廷ファンタジー。

河端ジュン一著

顔のない天才　文豪とアルケミスト　ノベライズ
―case 芥川龍之介―

自著『地獄変』へ潜書することになった芥川龍之介に突きつけられた己の〝罪〟とは。「文豪とアルケミスト」公式ノベライズ第一弾。

五条紀夫著

クローズド
サスペンスヘブン

俺は、殺された――なのに、ここはどこだ？　天国屋敷に辿りついた6人の殺人被害者たち。「全員もう死んでる」特殊設定ミステリ爆誕。

加藤千恵著
マッチング！
30歳の彼氏ナシOL、琴実。妹にすすめられアプリをはじめてみたけれど——。あるあるが満載！　共感必至のマッチングアプリ小説。

河野　裕著
いなくなれ、群青
11月19日午前6時42分、僕は彼女に再会した。あるはずのない出会いが平坦な高校生活を一変させる。心を穿つ新時代の青春ミステリ。

白河三兎著
冬の朝、そっと担任を突き落とす
校舎の窓から飛び降り自殺した担任教師。追い詰めたのは、このクラスの誰？　痛みを乗り越え成長する高校生たちの罪と贖罪の物語。

竹宮ゆゆこ著
心が折れた夜のプレイリスト
元カノと窓。最高に可愛い女の子とラーメン。そして……。笑って泣ける、ふしぎな日常をエモーショナル全開で綴る、最旬青春小説。

月原　渉著
すべてはエマのために
わたしの手を離さないで——。謎の黒い邸で、異様な一夜が幕を開けた。第一次大戦末期のルーマニアを舞台に描く悲劇ミステリー。

吉川トリコ著
マリー・アントワネットの日記
(Rose/Bleu)
男ウケ？　モテ？　何それ美味しいの？　時代も国も身分も違う彼女に、共感が止まらない！　世界中から嫌われた王妃の真実の声。

加藤シゲアキ著

オルタネート

吉川英治文学新人賞受賞

料理コンテストに挑む蓉《いるる》、高校中退の尚志《なおし》、SNSで運命の人を探す凪津《なづ》。高校生限定のアプリ「オルタネート」が繋ぐ三人の青春。

西村賢太著

苦役列車

芥川賞受賞

やり場ない劣等感と怒りを抱えたどん底の人生に、出口はあるか？ 伝統的私小説の逆襲を遂げた芥川賞受賞作。解説・石原慎太郎

ブレイディみかこ著

ぼくはイエローでホワイトで、ちょっとブルー

Yahoo!ニュース｜本屋大賞 ノンフィクション本大賞受賞

現代社会の縮図のようなぼくのスクールライフは、毎日が事件の連続。笑って、考えて、最後はホロリ。社会現象となった大ヒット作。

又吉直樹著

劇場

大阪から上京し、劇団を旗揚げした永田と、恋人の沙希。理想と現実の狭間で必死にもがく二人の、生涯忘れ得ぬ不器用な恋の物語。

三浦しをん著

きみはポラリス

すべての恋愛は、普通じゃない——誰かを強く大切に思うとき放たれる、宇宙にただひとつの特別な光。最強の恋愛小説短編集。

湊かなえ著

母性

中庭で倒れていた娘。母は嘆く。「愛能う限り、大切に育ててきたのに」——これは事故か、自殺か。圧倒的に新しい〝母と娘〟の物語《ミステリー》。

新潮文庫最新刊

道尾秀介著
雷神
娘を守るため、幸人は凄惨な記憶を封印した故郷を訪れる。母の死、村の毒殺事件、父への疑惑。最終行まで驚愕させる神業ミステリ。

道尾秀介著
風神の手
遺影専門の写真館・鏡影館。母の撮影で訪れた歩実だが、母は一枚の写真に心を乱し……。幾多の嘘が奇跡に変わる超絶技巧ミステリ。

寺地はるな著
希望のゆくえ
突然失踪した弟、希望《のぞむ》。誰からも愛されていた彼には、隠された顔があった。自らの傷に戸惑う大人へ、優しくエールをおくる物語。

長江俊和著
出版禁止 ろろるの村滞在記
奈良県の廃村で起きた凄惨な未解決事件……。遺体は切断され木に打ち付けられていた。謎の手記が明かす、エグすぎる仕掛けとは！

花房観音著
果ての海
階段の下で息絶えた男。愛人だった女は、整形し、別人になって北陸へ逃げた——。「逃げる女」の生き様を描き切る傑作サスペンス！

松嶋智左著
巡査たちに敬礼を
現場で働く制服警官たちのリアルな苦悩と逆境からの成長、希望がここにある。6編からなる人間味に溢れた連作警察ミステリー。

デザイン　川谷康久（川谷デザイン）

嘘《うそ》があふれた世界《せかい》で

新潮文庫　し－21－109

令和六年三月一日発行

著者　浅倉秋成　大前粟生　新名智　結城真一郎　佐原ひかり　石田夏穂　杉井光

発行者　佐藤隆信

発行所　株式会社新潮社

郵便番号　一六二―八七一一
東京都新宿区矢来町七一
電話　編集部（〇三）三二六六―五四四〇
読者係（〇三）三二六六―五一一一
https://www.shinchosha.co.jp

価格はカバーに表示してあります。

乱丁・落丁本は、ご面倒ですが小社読者係宛ご送付ください。送料小社負担にてお取替えいたします。

印刷・錦明印刷株式会社　製本・錦明印刷株式会社

ISBN978-4-10-180282-4　C0193